AF282863

LA MUERTE DE IVAN ILICH

(1886)

CALAMBUR

2025

LA MUERTE DE IVAN ILICH

(1886)

León Tolstoi

Título original: Смертъ Ивана Ильича

Primera edición en Calambur: abril de 2025

© *de la presente edición:* CALAMBUR EDITORIAL S.L.
c/ POBLA DE LILLET, 4. LOCAL I. 08028 BARCELONA
TEL.: (+34) 931 708 326

calambur@calambureditorial.com • www.calambureditorial.com
calambureditorial.blogspot.com • facebook.com/CalamburEditorial •
@EdCalambur

Director literario: LLUIS CLARET
Maquetación: TANIA LÓPEZ
Corrección y edición: KARINA CHMYREVA
Traducción: MARINA PODZNIAKOVA
Diseño de cubierta y arte final: SOFÍA CABRERA

ISBN: 978-84-8359-141-3
Depósito legal: B-10290-2025

La muerte de Ivan Ilich se acabó de imprimir
en julio de 2025.

Impreso en España

ÍNDICE

Introducción

León Tolstói (1828–1910) fue uno de los grandes escritores rusos del siglo XIX, autor de obras monumentales como *Guerra y paz* y *Anna Karénina*. Hacia la segunda mitad de su vida, tras una crisis espiritual profunda, se alejó del mundo aristocrático y buscó un ideal de vida basado en la humildad, la no violencia y la verdad interior. En ese contexto de búsqueda personal escribió *La muerte de Ivan Ilich* (1886), una de sus obras más breves y a la vez más intensas.

La novela plantea, sin rodeos, una de las preguntas centrales de toda existencia: ¿cómo vivir? A través del proceso de enfermedad y muerte de un funcionario de carrera, Tolstói reflexiona sobre el sentido de la vida, la hipocresía social y la necesidad de una vida interior auténtica.

Iván Ilich ha vivido como se esperaba de él: ha formado una familia, ha ascendido profesionalmente y ha procurado un estilo de vida "decente", conforme a las normas sociales. Todo cambia cuando cae enfermo y empieza a ver de cerca la posibilidad de su muerte. Entonces, con una lucidez que crece con el dolor, empieza a revisar todo lo que ha sido su vida hasta ese momento. Lo que parecía normal y correcto, aparece ahora como superficial, vacío, incluso falso.

El conflicto entre la mentira de la vida "correcta" y la verdad del sufrimiento y la muerte recorre toda la novela. Solo el contacto con la compasión sincera –encarnada en el criado Gerasim— y la conciencia de haber vivido lejos de lo esencial permiten a Ivan Ilich acercarse, en sus últimos momentos, a una forma de paz.

La muerte de Ivan Ilich no es tanto una historia sobre la muerte como una llamada a mirar de frente la vida. Su fuerza está en la claridad con la que Tolstói expone la contradicción entre lo que se espera de nosotros y lo que realmente importa. Es una obra que invita a revisar nuestras propias prioridades, a pensar en el modo en que vivimos y en lo que dejamos atrás.

1

Durante una pausa en el proceso Melvinski, en el vasto edificio de la Audiencia, los miembros del tribunal y el fiscal se reunieron en el despacho de Ivan Yegorovich Shebek y empezaron a hablar del famoso caso Krasovski. Fyodor Vasilyevich se acaloró defendiendo que el caso no era de la competencia del tribunal, mientras que Ivan Yegorovich sostenía lo contrario.Pyotr Ivanovich, que no había entrado en la discusión al principio, no tomó parte en ella y echaba una ojeada al periódico "Vedomosti" que acababan de entregarle.

–¡Señores! –exclamó–. ¡Ivan Ilich ha muerto, nada menos!

–¿De veras?

–Ahí está. Léalo –dijo a Fyodor Vasilyevich, alargándole el periódico que, húmedo, olía aún a la tinta reciente.

Enmarcada en una orla negra figuraba la siguiente noticia: «Con profundo pesar, Praskovya Fyodorovna Golovina comunica a sus parientes y amigos el fallecimiento de su amado esposo, Ivan Ilich Golovin, miembro del Tribunal de Justicia, ocurrido el 4 de febrero de este año de 1882. El servicio fúnebre se celebrará el viernes a la una de la tarde».

Ivan Ilich había sido colega de los señores allí reunidos y todos lo apreciaban. Había estado enfermo durante algunas semanas y se decía que su enfermedad era incurable. Se le había reservado el cargo, pero se conjeturaba que, en caso de que falleciera, se nombraría a Alekseyev para ocupar la vacante, y que el puesto de Alekseyev pasaría a Vinnikov o a Shtabel. Así pues, al recibir la noticia de la muerte de Ivan Ilich, lo primero en que pensaron los señores reunidos en el despacho fue en lo que esa muerte podría acarrear en cuanto a cambios o ascensos entre ellos o sus conocidos.

«Ahora, de seguro, obtendré el puesto de Shtabel o de Vinnikov –se decía Fyodor Vasilyevich–. Me lo tienen prometido desde hace mucho tiempo, y el ascenso me supondrá una subida de sueldo de ochocientos rublos, sin contar la bonificación».

«Ahora es preciso solicitar que trasladen a mi cuñado de Kaluga –pensaba Pyotr Ivanovich–. Mi mujer se pondrá muy contenta. Ya no podrá decir que no hago absolutamente nada por sus parientes».

–Yo ya me figuraba que no se levantaría de la cama –dijo en voz alta Pyotr Ivanovich–. ¡Lástima!

–Pero, vamos a ver, ¿qué es lo que tenía?

–Los médicos no pudieron diagnosticar la enfermedad; mejor dicho, sí la diagnosticaron, pero cada uno de manera distinta. La última vez que lo vi, me pareció que estaba mejor.

–¡Y yo, que no pasé a verlo desde las vacaciones! Aunque siempre estuve por hacerlo.

–Y que, ¿ha dejado algún capital?

–Por lo visto su mujer tenía algo, pero solo una cantidad insignificante.

–Bueno, habrá que visitarla. ¡Aunque hay que ver lo lejos que viven!

–O sea, lejos de usted. De usted, todo está lejos.

—Ya ve que no me perdona que viva al otro lado del río —dijo sonriendo Pyotr Ivanovich a Shebek. Y hablando de las grandes distancias entre las diversas partes de la ciudad, volvieron a la sala del Tribunal.

Aparte de las conjeturas sobre los posibles traslados y ascensos que podrían resultar del fallecimiento de Ivan Ilich, el simple hecho de enterarse de la muerte de un allegado suscitaba en los presentes, como siempre ocurre, una sensación de alivio: «el muerto es él; no soy yo».

Cada uno de ellos pensaba o sentía: «Pues sí, él ha muerto, pero yo sigo vivo». Los conocidos más íntimos, los amigos de Ivan Ilich, por así decirlo, no podían menos de pensar también que ahora habría que cumplir con el muy fastidioso deber, impuesto por el decoro, de asistir al funeral y hacer una visita de pésame a la viuda.

Los amigos más allegados habían sido Fyodor Vasilyevich y Pyotr Ivanovich. Pyotr Ivanovich había estudiado Leyes con Ivan Ilich y consideraba que le estaba agradecido.

Habiendo dado a su mujer durante la comida la noticia de la muerte de Ivan Ilich y cavilando sobre la posibilidad de trasladar a su cuñado a su jurisdicción, Pyotr Ivanovich, sin dormir la siesta, se puso el frac y fue a casa de Ivan Ilich.

A la entrada vio una carroza y dos trineos de punto. Abajo, junto a la percha del vestíbulo, estaba apoyada a la pared la tapa del féretro cubierta de brocado y adornada con borlas y galones recién bruñidos. Dos señoras de luto se quitaban los abrigos. Pyotr Ivanovich reconoció a una de ellas, la hermana de Ivan Ilich, pero la otra le era desconocida. Su colega, Schwartz, bajaba en ese momento, pero al ver entrar a Pyotr Ivanovich desde el escalón de arriba, se detuvo e hizo un guiño, como diciendo: «Valiente lío ha armado Ivan Ilich; a usted y a mí no nos pasaría lo mismo».

El rostro de Schwartz, con sus patillas a la inglesa y su cuerpo flaco embutido en el frac, tenía su habitual aspecto de elegante solemnidad, que no cuadraba con su carácter jocoso, que ahora y en ese lugar tenía especial enjundia; o así le pareció a Pyotr Ivanovich.

Pyotr Ivanovich dejó pasar a las señoras y, tras ellas, subió despacio la escalera. Schwartz no bajó, sino que permaneció donde estaba. Pyotr Ivanovich sabía por qué: quería concertar con él dónde jugarían a las cartas esa noche. Las señoras subieron a reunirse con la viuda, y Schwartz, con labios severamente apretados y ojos retozones, indicó a Pyotr Ivanovich, levantando una ceja, el aposento a la derecha donde se encontraba el cadáver.

Como sucede siempre en ocasiones semejantes, Pyotr Ivanovich entró sin estar seguro de lo que tenía que hacer. Lo único que sabía era que en tales circunstancias no estaría de más santiguarse. Pero no estaba enteramente seguro de si mismo, además de eso, había que hacer también una reverencia. Así pues, adoptó un término medio. Al entrar en la habitación, empezó a santiguarse y a hacer como si fuera a inclinarse. Al mismo tiempo, en la medida en que se lo permitían los movimientos de la mano y la cabeza, examinó la habitación. Dos jóvenes, sobrinos al parecer —uno de ellos estudiante de secundaria—, salían de ella santiguándose. Una anciana estaba de pie, inmóvil, mientras una señora de cejas curiosamente arqueadas le decía algo al oído. Un sacristán vigoroso y resuelto, vestido de levita, leía algo en voz alta con expresión que no admitía réplica. Gerasim, ayudante del mayordomo, cruzó con paso ingrávido por delante de Pyotr Ivanovich esparciendo algo por el suelo. Al ver tal cosa, Pyotr Ivanovich notó al momento el ligero olor de un cuerpo en descomposición. En su última visita a Ivan Ilich, Pyotr Ivanovich había visto a Gerasim en el despacho; hacía el papel de enfermero y le tenía mucho aprecio. Pyotr Ivanovich continuó santiguándose e inclinando levemente la cabeza en una dirección intermedia entre el cadáver, el sacristán y los iconos expuestos en una mesa en el rincón. Más tarde, cuando le pareció que el movimiento del brazo al hacer la señal de la cruz se había prolongado más de lo conveniente, cesó de hacerlo y se puso a mirar el cadáver.

El muerto yacía, como siempre yacen los muertos, de manera especialmente pesada, con los miembros rígidos hundidos en los blandos cojines del ataúd y con la cabeza sumida para siempre en la almohada. Al igual que suele ocurrir con los muertos, abultaba su frente, amarilla como la cera y con rodales calvos en las sienes hundidas, y sobresalía su nariz como si hiciera presión sobre el labio superior. Había cambiado mucho y enflaquecido aún más desde la última vez que Pyotr Ivanovich lo había visto; pero, como sucede con todos los muertos, su rostro era más agraciado y, sobre todo, más expresivo de lo que había sido en vida. La expresión de ese rostro quería decir que lo que hubo que hacer quedaba hecho y bien hecho. Por añadidura, ese semblante expresaba un reproche y una advertencia para los vivos. A Pyotr Ivanovich esa advertencia le parecía inoportuna o, por lo menos, inaplicable a él. Y como no se sentía a gusto, se santiguó de prisa una vez más, giró sobre los talones y se dirigió a la puerta —demasiado a la ligera según él mismo reconocía—, y de manera contraria al decoro.

Schwartz, con los pies separados y las manos a la espalda, le esperaba en la habitación de paso jugando con el sombrero de copa. Una simple mirada a esa figura jocosa, pulcra y elegante bastó para revitalizar a Pyotr Ivanovich. Se dio cuenta que Schwartz estaba por encima de todo aquello y no se rendía a ninguna influencia deprimente. Su mismo aspecto sugería que el incidente del funeral de Ivan Ilich no podía ser motivo suficiente para juzgar infringido el orden del día o, dicho de otro modo, que nada podría impedirle abrir y barajar un mazo de naipes esa noche, mientras un criado colocaba cuatro nuevas bujías en la mesa; que, en realidad, no había por qué suponer que ese incidente pudiera estorbar que pasaran la velada como de costumbre. Dijo esto en un susurro a Pyotr Ivanovich cuando pasó junto a él, proponiéndole que se reuniesen a jugar en casa de Fyodor Vasilyevich. Pero, por lo visto, Pyotr Ivanovich no estaba destinado a jugar al vint esa noche. Praskovya Fyodorovna (mujer gorda y corta de talla que, a pesar de sus esfuerzos por evitarlo, había seguido ensanchándose de los hombros para abajo y tenía las cejas tan extrañamente arqueadas como la señora que estaba junto al féretro), toda de luto, con un velo de encaje en la cabeza, salió de su propio cuarto con otras señoras y, acompañándolas a la habitación en que estaba el cadáver, dijo:

–El oficio comenzará enseguida. Entren, por favor.

Schwartz, haciendo una vaga reverencia, se detuvo, al parecer sin aceptar ni rehusar tal invitación. Praskovya Fyodorovna, al reconocer a Pyotr Ivanovich, suspiró, se acercó a él, le tomó una mano y dijo:

–Sé que fue usted un verdadero amigo de Ivan Ilich... –y le miró, esperando de él una respuesta apropiada a esas palabras.

Pyotr Ivanovich sabía que, del mismo modo que había sido necesario santiguarse en la otra habitación, aquí era necesario estrechar esa mano, suspirar y decir: «Créame...» Y así lo hizo. Y habiéndolo hecho, tuvo la sensación de que se había conseguido el propósito deseado: ambos se sintieron conmovidos.

–Venga conmigo. Necesito hablarle antes de que empiece –dijo la viuda–. Déme su brazo.

Pyotr Ivanovich le dio el brazo y se encaminaron a las habitaciones interiores, pasando junto a Schwartz, que hizo un guiño pesaroso a Pyotr Ivanovich. «Ahí se queda nuestro vint. No se ofenda si encontramos a otro jugador. Quizá podamos ser cinco cuando usted se escape» –decía su mirada juguetona.

Pyotr Ivanovich suspiró aún más honda y tristemente y Praskovya Fyodorovna, agradecida, le dio un apretón en el brazo. Cuando llegaron a la sala tapizada de cretona color de rosa y alumbrada por una lámpara mortecina, se sentaron a la mesa: ella en un sofá y él en una otomana baja, cuyos muelles cedieron bajo su peso de manera convulsiva. Praskovya Fyodorovna estuvo a punto de advertirle que tomara otro asiento, pero, juzgando que tal advertencia no correspondía debidamente a su condición actual, cambió de parecer. Al sentarse en la otomana, Pyotr Ivanovich recordó que Ivan Ilich había arreglado esa habitación y le había consultado acerca de la cretona color de rosa con hojas verdes. Al ir a sentarse en el sofá (la sala entera estaba repleta de muebles y chucherías), el velo de encaje negro de la viuda quedó enganchado en el entallado de la mesa. Pyotr Ivanovich se levantó para desengancharlo, y los muelles de la otomana, liberados de su peso, se levantaron a la par que él y le dieron un empellón. La viuda, a su vez, empezó a desenganchar el velo y Pyotr Ivanovich volvió a sentarse, comprimiendo de nuevo la indócil otomana. Pero la viuda no se había desasido por completo y Pyotr volvió a levantarse, con lo que la otomana volvió a sublevarse y crujir. Cuando acabó todo aquello, la viuda sacó un pañuelo de batista limpio y empezó a llorar. Pero el lance del velo y la lucha con la otomana habían enfriado a Pyotr Ivanovich, quien permaneció sentado con cara de vinagre. Esta situación embarazosa fue interrumpida por Sokolov, el mayordomo de Ivan Ilich, quien vino con el aviso de que la parcela que en el cementerio había escogido Praskovya Fyodorovna costaría doscientos rublos. Ella cesó de llorar y, mirando a Pyotr Ivanovich con ojos de víctima, le hizo saber en francés lo penoso que le resultaba todo aquello.

Pyotr Ivanovich, con un ademán tácito, confirmó que indudablemente no podía ser de otro modo.

–Fume, por favor –dijo ella con voz a la vez magnánima y quebrada; y se volvió para hablar con Sokolov del precio de la parcela para la sepultura. Mientras fumaba, Pyotr Ivanovich le oyó preguntar muy detalladamente por los precios de diversas parcelas y decidir al cabo con cuál de ellas se quedaría. Sokolov salió de la habitación.

–Yo misma me ocupo de todo –dijo ella a Pyotr Ivanovich, apartando a un lado los álbumes que había en la mesa. Y al notar que con la ceniza del cigarrillo esa mesa corría peligro, le alargó al momento un cenicero al tiempo que decía:

–Considero que es afectación decir que la pena me impide ocuparme de asuntos prácticos. Al contrario, si algo puede... no digo consolarme, sino distraerme, es lo concerniente a él. Volvió a sacar el pañuelo como si estuviera a punto de llorar, pero de pronto, como sobreponiéndose, se sacudió y empezó a hablar con calma:

–Hay algo, sin embargo, de lo que quiero hablarle.

Pyotr Ivanovich se inclinó, pero sin permitir que se amotinaran los muelles de la otomana, que ya habían empezado a vibrar bajo su cuerpo.

–En estos últimos días ha sufrido terriblemente.

–¿De veras? –preguntó Pyotr Ivanovich.

–¡Oh, sí, terriblemente! Estuvo gritando sin cesar, y no durante minutos, sino durante horas. Tres días seguidos estuvo gritando sin parar. Era intolerable. No sé cómo he podido soportarlo. Se le podía oír con tres puertas de por medio. ¡Ay, cuánto he sufrido!

–¿Pero es posible que estuviera consciente durante ese tiempo? –preguntó Pyotr Ivanovich.

–Sí –murmuró ella–. Hasta el último momento. Se despidió de nosotros un cuarto de hora antes de morir y hasta dijo que nos lleváramos a Volodia de allí.

El pensar en los padecimientos de un hombre a quien había conocido tan íntimamente, primero como chicuelo alegre, luego como condiscípulo y más tarde, ya crecido, como colega, horrorizó de pronto a Pyotr Ivanovich, a pesar de tener que admitir con desgana que tanto él como esa mujer estaban fingiendo. Volvió a ver esa frente y esa nariz que hacía presión sobre el labio, y tuvo miedo.

«¡Tres días de horribles sufrimientos y luego la muerte! ¡Pero si eso puede también ocurrirme a mí de repente, ahora mismo!» –pensó, y durante un momento quedó espantado. Pero en seguida, sin saber por qué, vino en su ayuda la noción habitual, a saber, que eso le había pasado a Ivan Ilich y no a él, que eso no debería ni podría pasarle a él, y que pensar de otro modo sería dar pie a la depresión, cosa que había que evitar, como demostraba claramente el rostro de Schwartz. Y habiendo reflexionado así, Pyotr Ivanovich se tranquilizó y empezó a pedir con interés detalles de la muerte de Ivan Ilich, ni más ni menos que si esa muerte hubiese sido un accidente propio solo de Ivan Ilich, pero en ningún caso de él.

Después de dar varios detalles acerca de los dolores físicos realmente horribles que había sufrido Ivan Ilich (detalles que Pyotr Ivanovich pudo calibrar solo por su efecto en los nervios de Praskovya Fyodorovna), la viuda al parecer juzgó necesario entrar en materia.

–¡Ay, Pyotr Ivanovich, qué angustioso! ¡Qué terriblemente angustioso, qué terriblemente angustioso! –Y de nuevo rompió a llorar.

Pyotr Ivanovich suspiró y aguardó a que ella se limpiase la nariz. Cuando lo hizo, dijo él:

–Créame... –y ella empezó a hablar otra vez de lo que claramente era el asunto principal que con él quería tratar, a saber, cómo podría obtener dinero del fisco con motivo de la muerte de su marido. Praskovya Fyodorovna hizo como si pidiera a Pyotr Ivanovich consejo acerca de su pensión, pero él vio que ella ya sabía eso hasta en sus más mínimos detalles, mucho más de lo que él sabía; que ella ya sabía todo lo que se le podía sacar al fisco a consecuencia de esa muerte, y que lo que quería saber era si se le podía sacar más. Pyotr Ivanovich trató de pensar en algún medio para lograrlo, pero tras dar vueltas al caso y, por cumplir, criticar al gobierno por su tacañería, dijo que, a su parecer, no se podía obtener más. Entonces ella suspiró y evidentemente empezó a buscar el modo de deshacerse de su visitante. Él se dio cuenta de ello, apagó el cigarrillo, se levantó, estrechó la mano de la señora y salió a la antesala.

En el comedor, donde estaba el reloj que tanto gustaba a Ivan Ilich, quien lo había comprado en una tienda de antigüedades, Pyotr Ivanovich encontró a un sacerdote y a unos cuantos conocidos que habían venido para asistir al oficio, y vio también a la hija joven y guapa de Ivan Ilich, a quien ya conocía. Estaba de luto riguroso, y su cuerpo delgado parecía aún más delgado que nunca. La expresión de su rostro era sombría, determinada, casi iracunda. Saludó a Pyotr Ivanovich como si él tuviera la culpa de algo. Detrás de ella, con la misma expresión agraviada, estaba un juez de instrucción conocido de Pyotr Ivanovich, un joven rico que, según se decía, era el prometido de la muchacha. Pyotr Ivanovich se inclinó melancólicamente ante ellos y estaba a punto de pasar a la cámara mortuoria cuando, de debajo de la escalera, surgió la figura del hijo de Ivan Ilich, estudiante de instituto, que se parecía increíblemente a su padre. Era un pequeño Ivan Ilich, igual al que Pyotr Ivanovich recordaba cuando ambos estudiaban Derecho. Tenía los ojos llorosos, con una expresión como la que tienen los muchachos rebeldes de trece o catorce años. Al ver a Pyotr Ivanovich, el muchacho arrugó el ceño con empacho y hosquedad. Pyotr Ivanovich le saludó con una inclinación de cabeza y entró en la cámara mortuoria. Había empezado el oficio de difuntos: velas, gemidos, incienso, lágrimas, sollozos. Pyotr Ivanovich estaba de pie, mirándose sombríamente los zapatos. No miró al muerto una sola vez, ni se rindió a las influencias depresivas, y fue de los primeros en salir de allí. No había nadie en la antesala. Gerasim salió de un brinco de la habitación del muerto, revolvió con sus manos vigorosas entre los amontonados abrigos de pieles, encontró el de Pyotr Ivanovich y le ayudó a ponérselo.

–¿Qué hay, amigo Gerasim? –preguntó Pyotr Ivanovich por decir algo–. ¡Qué lástima! ¿Verdad?

–Es la voluntad de Dios. Por ahí pasaremos todos –contestó Gerasim mostrando sus dientes blancos, iguales, dientes de campesino, y como hombre ocupado en un trabajo urgente abrió de prisa la puerta, llamó al cochero, ayudó a Pyotr Ivanovich a subir al trineo y volvió de un salto a la entrada de la casa, como pensando en algo que aún tenía que hacer.

A Pyotr Ivanovich le resultó especialmente agradable respirar aire fresco después del olor del incienso, el cadáver y el ácido carbólico.

—¿A dónde, señor? —preguntó el cochero.

—No es tarde todavía... Me pasaré por casa de Fyodor Vasilyevich.

Y Pyotr Ivanovich fue allá y, en efecto, los halló a punto de terminar la primera mano; y así, pues, no hubo inconveniente en que se uniese a la partida.

2

La historia de la vida de Ivan Ilich había sido simple y corriente, pero a la vez terriblemente angustiosa.

Había sido miembro del Tribunal de Justicia y había muerto a los cuarenta y cinco años de edad. Su padre había sido un funcionario público que había servido en diversos ministerios y negociados y hecho la carrera propia de individuos que, aunque notoriamente incapaces para desempeñar cargos importantes, no pueden ser despedidos a causa de sus muchos años de servicio; al contrario, para tales individuos se inventan cargos ficticios con sueldos nada ficticios de entre seis y diez mil rublos, con los cuales viven hasta una avanzada edad.

Tal era Ilya Yefimovich Golovin, Consejero Privado e inútil miembro de varios organismos inútiles.

Tenía tres hijos y una hija. Ivan Ilich era el segundo. El mayor seguía la misma carrera que el padre, aunque en otro ministerio, y se acercaba ya rápidamente a la etapa del servicio en que se percibe automáticamente ese sueldo. El tercer hijo era un desgraciado. Había fracasado en varios empleos y ahora trabajaba en los ferrocarriles. Su padre, sus hermanos y, en particular, las mujeres de éstos no solo evitaban encontrarse con él, sino que olvidaban que existía salvo en casos de absoluta necesidad. La hija estaba casada con el barón Greff, funcionario de Petersburgo del mismo género que su suegro. Ivan

Ilich era *le phénix de la famille*[1], como decía la gente. No era tan frío y estirado como el hermano mayor ni tan frenético como el menor, sino un término medio entre ambos: inteligente, vivaz, agradable y discreto. Había estudiado en la Facultad de Derecho con su hermano menor, pero éste no había acabado la carrera por haber sido expulsado en el quinto año. Ivan Ilich, al contrario, había concluido bien sus estudios. En la facultad ya era lo que sería en el resto de su vida: capaz, alegre, benévolo y sociable, aunque estricto en el cumplimiento de lo que consideraba su deber; y, según él, era deber todo aquello que sus superiores jerárquicos consideraban como tal. No había sido servil ni de muchacho ni de hombre, pero desde sus años mozos se había sentido atraído, como la mosca a la luz, por las gentes de elevada posición social, apropiándose sus modos de obrar y su filosofía de la vida y trabando con ellos relaciones amistosas. Había dejado atrás todos los entusiasmos de su niñez y mocedad, de los que apenas quedaban restos; se había entregado a la sensualidad y la soberbia y, por último, como en las clases altas, al liberalismo, pero siempre dentro de determinados límites que su instinto le marcaba puntualmente.

En la facultad hizo cosas que anteriormente le habían parecido sumamente reprobables y que le causaron repugnancia de sí mismo en el momento mismo de hacerlas; pero más tarde, cuando vio que tales cosas las hacía también gente de alta condición social que no las

---

1 El orgullo de la familia

juzgaba ruines, no llegó precisamente a darlas por buenas, pero sí las olvidó por completo o se acordaba de ellas sin sonrojo.

Al terminar sus estudios en la facultad y habilitarse para la décima categoría de la administración pública, y habiendo recibido de su padre dinero para equiparse, Ivan Ilich se encargó ropa en la conocida sastrería de Scharmer, colgó en la cadena del reloj una medalla con el lema *"respice finem"*[2], se despidió de su profesor y del príncipe patrón de la facultad, tuvo una cena de despedida con sus compañeros en el restaurante "Donón", y con su nueva maleta muy a la moda, su ropa blanca, su traje, sus utensilios de afeitar y adminículos de tocador, su manta de viaje, todo ello adquirido en las mejores tiendas, partió para una de las provincias donde, por influencia de su padre, iba a ocupar el cargo de ayudante del gobernador para servicios especiales.

En la provincia, Ivan Ilich pronto se hizo con una posición tan fácil y agradable como la que había tenido en la Facultad de Derecho. Cumplía con sus obligaciones y fue haciéndose una carrera, a la vez que se divertía de manera agradable y decorosa. De vez en cuando salía a hacer visitas oficiales por el distrito, se comportaba dignamente con sus superiores e inferiores –de lo que no podía menos que enorgullecerse y desempeñaba con rigor y honradez incorruptible las tareas que le estaban confiadas, que en su mayoría tenían que ver con los disidentes religiosos.

---

2 Considera el final (lat.)

No obstante su juventud y propensión a la jovialidad frívola, era notablemente reservado, exigente y hasta severo en asuntos oficiales; pero en la vida social se mostraba a menudo festivo e ingenioso, y siempre benévolo, correcto y *bon enfant*[3], como decían de él el gobernador y su esposa, quienes le trataban como a un miembro de la familia.

En la provincia tuvo amoríos con una señora deseosa de ligarse con el joven y elegante abogado; hubo también una modista; hubo asimismo juergas con los edecanes que visitaban el distrito y, después de la cena, visitas a callejones sospechosos de los arrabales; y hubo, por fin, su tanto de adulación al gobernador y su esposa, pero todo ello efectuado con tan exquisito decoro que no cabía aplicarle calificativos desagradables. Todo ello podría colocarse bajo la conocida rúbrica francesa: *Il faut que jeunesse se passe*[4]. Todo ello se llevaba a cabo con manos limpias, en camisas blancas, con palabras francesas y, sobre todo, en la mejor sociedad y, por ende, con la aprobación de personas de la más distinguida condición.

De ese modo sirvió Ivan Ilich cinco años hasta que se produjo un cambio en su situación oficial. Se crearon nuevas instituciones judiciales y hubo necesidad de nuevos funcionarios para ellas.

Ivan Ilich fue uno de ellos. Se le ofreció el cargo de juez de instrucción y lo aceptó, a pesar de que estaba en otra provincia y le obligaba a abandonar las relaciones

---

3 Buen chico

4 La juventud debe pasar

que había establecido y establecer otras. Los amigos se reunieron para despedirle, se hicieron una fotografía en grupo y le regalaron una pitillera de plata. E Ivan Ilich partió para su nuevo destino.

Como juez de instrucción, Ivan Ilich fue tan *comme il faut*[5]y decoroso como lo había sido cuando estuvo de ayudante para servicios especiales: se ganó el respeto general y supo separar sus deberes judiciales de su vida privada. Las funciones mismas de juez de instrucción le resultaban muchísimo más interesantes y atractivas que su trabajo anterior. En su cargo anterior, lo agradable había sido ponerse el uniforme confeccionado por Scharmer y caminar con aire despreocupado entre los solicitantes y funcionarios que, aguardando temerosos la audiencia con el gobernador, le envidiaban por entrar directamente en el despacho de este, tomar el té y fumarse un cigarrillo con él. Pero personas que dependieran directamente de él había habido pocas: solo jefes de policía y disidentes religiosos cuando lo enviaban en misiones especiales. A esas personas las trataba cortésmente, casi como a camaradas, como si les hiciera creer que, aunque tenía el poder de aplastarlas, las trataba de manera sencilla y amistosa. Pero ahora, como juez de instrucción, Ivan Ilich veía que todas ellas —sin excepción, incluso las más importantes y engreídas— estaban en sus manos, y que con solo escribir unas palabras en una hoja de papel con cierto membrete, tal o cual personaje notable y altanero podía ser conducido

---

5 Como debe ser

ante él en calidad de acusado o de testigo; y que si decidía que el tal individuo no se sentase lo tendría de pie ante él contestando a sus preguntas. Ivan Ilich nunca abusó de esas atribuciones; muy al contrario, trató de suavizarlas. Pero la conciencia de poseerlas y la posibilidad de ejercerlas o moderarlas constituían para él el interés cardinal y el atractivo de su nuevo cargo. En su trabajo, especialmente en la instrucción de los sumarios, Ivan Ilich adoptó pronto el método de eliminar todas las circunstancias ajenas al caso y de condensarlo, por complicado que fuese, en forma que se presentase por escrito solo en sus aspectos externos, excluyendo completamente su opinión personal y, sobre todo, respetando todos los formalismos necesarios. Este tipo de trabajo era nuevo, e Ivan Ilich fue uno de los primeros funcionarios en aplicar el nuevo Código de 1864.

Al asumir el cargo de juez de instrucción en una nueva localidad, Ivan Ilich hizo nuevas amistades y estableció nuevas relaciones, se instaló de manera diferente de la anterior y cambió perceptiblemente de tono. Adoptó una postura de discreto y digno alejamiento de las autoridades provinciales, pero sí escogió el mejor círculo de juristas y nobles ricos de la ciudad y asumió una actitud de leve descontento con el gobierno, de liberalismo moderado y de ciudadano ilustrado. Por lo demás, no alteró en lo más mínimo la elegancia de su vestimenta, cesó de afeitarse el mentón y dejó crecer libremente la barba.

La vida de Ivan Ilich en esa nueva ciudad tomó un cariz muy agradable. La sociedad de allí, que tendía a oponerse al gobernador, era buena y amistosa, su sueldo era mayor y empezó a jugar al vint, juego que por aquellas fechas incrementó bastante los placeres de su vida, pues era diestro en el manejo de las cartas, jugaba con gusto, calculaba con rapidez y astucia y, por lo general, ganaba.

Al cabo de dos años de vivir en la nueva ciudad, Ivan Ilich conoció a la que habría de ser su esposa. Praskovya Fyodorovna Mihel era la muchacha más atractiva, lista y brillante del círculo que él frecuentaba. Y entre pasatiempos y ratos de descanso de su trabajo judicial, Ivan Ilich entabló relaciones ligeras y festivas con ella.

Cuando había sido funcionario para servicios especiales, Ivan Ilich se había habituado a bailar, pero ahora, como juez de instrucción, bailaba solo muy de tarde en tarde. También bailaba ahora con el fin de demostrar que, aunque servía bajo las nuevas instituciones y había ascendido a la quinta categoría de la administración pública, en lo que respecta a bailar, podía superar a casi todos los demás. Así pues, de vez en cuando, al final de una velada, bailaba con Praskovya Fyodorovna, y fue sobre todo durante esos bailes cuando la conquistó. Ella se enamoró de él. Ivan Ilich no tenía una intención clara y precisa de casarse, pero cuando la muchacha se enamoró de él, se dijo a sí mismo: «Al fin y al cabo, ¿por qué no casarme?»

Praskovya Fyodorovna, de buena familia hidalga, era bastante guapa y tenía algunos bienes. Ivan Ilich hubiera podido aspirar a un partido más brillante, pero incluso este le parecía conveniente. Él contaba con su sueldo y ella —así lo esperaba él— tendría ingresos semejantes. Buena familia, ella simpática, bonita y perfectamente honesta. Decir que Ivan Ilich se casó porque estaba enamorado de ella y porque ella compartía su visión de la vida habría sido tan injusto como decir que se casó únicamente porque su círculo social aprobaba la unión. Ivan Ilich se casó por ambas razones: sentía sumo agrado en adquirir semejante esposa, a la vez que hacía lo que consideraban correcto sus más encopetadas amistades.

Y así, pues, Ivan Ilich se casó.

Los preparativos para la boda y el comienzo de la vida matrimonial, con las caricias conyugales, el flamante mobiliario, la vajilla nueva, la nueva lencería... todo ello transcurrió muy gustosamente hasta el embarazo de su mujer, tanto que Ivan Ilich empezó a creer que el matrimonio no solo no perturbaría el carácter cómodo, placentero, alegre y siempre decoroso de su vida –aprobado por la sociedad y considerado por él como natural–, sino que, al contrario, lo reforzaría. Pero he aquí que, desde los primeros meses del embarazo de su mujer, surgió algo nuevo, inesperado, desagradable, penoso e indecoroso, imposible de comprender y evitar.

Sin motivo alguno, según Ivan Ilich –*de gaieté de coeur*[6], como solía decirse a sí mismo–, su mujer comenzó a perturbar el placer y la armonía de su vida. Sin razón aparente, empezó a tener celos de él, le exigía atención constante, le censuraba por cualquier cosa y lo arrastraba a disputas enojosas y groseras.

---

6   Por capricho

Al principio, Ivan Ilich esperaba zafarse de lo molesto de tal situación mediante el mismo enfoque ligero y decoroso que tan bien le había servido hasta entonces: trató de no hacer caso del estado de ánimo de su mujer, continuó viviendo como antes, ligera y agradablemente, invitando a sus amigos a jugar a las cartas en su casa y procurando también frecuentar el club o visitar a sus conocidos. Pero un día, su mujer comenzó a vituperarle con tal brío y con palabras tan soeces, y siguió injuriándole cada vez que él no atendía a sus exigencias —con la clara intención de no cejar hasta que él cediese, es decir, hasta que se quedase en casa sufriendo el mismo aburrimiento que ella padecía—, que Ivan Ilich se asustó. Comprendió entonces que el matrimonio —al menos con una mujer como la suya— no siempre contribuía a fomentar el decoro y la amenidad de la vida, sino que, por el contrario, estorbaba el logro de ambas cualidades, por lo que era preciso protegerse de semejante estorbo. Ivan Ilich, pues, comenzó a buscar medios de lograrlo. Uno de los que tenía para imponerse a Praskovya Fyodorovna eran sus funciones judiciales, e Ivan Ilich, apelando a estas y a los deberes que conllevaban, comenzó a lidiar con su mujer y a defender su propia independencia.

Con el nacimiento del niño, los intentos de alimentarlo debidamente y los diversos fracasos en lograrlo, así como con las dolencias reales e imaginarias del niño y la madre en las que se exigía la compasión de Ivan Ilich —aunque él no entendía pizca de ello—, la necesidad de crearse una existencia fuera de la familia se hizo aún más apremiante.

A medida que su mujer se volvía más irritable y exigente, Ivan Ilich fue desplazando su centro de gravedad de la familia a su trabajo oficial. Se encariñaba cada vez más con ese trabajo y acabó siendo aún más ambicioso que antes.

Muy pronto, antes de que se cumpliera el primer aniversario de su matrimonio, Ivan Ilich cayó en la cuenta de que el matrimonio, aunque aportaba algunas comodidades a la vida, era en realidad un estado sumamente complicado y difícil, frente al cual —si era menester cumplir con su deber, o sea, llevar una vida decorosa aprobada por la sociedad— habría que adoptar una actitud precisa, ni más ni menos que con respecto al trabajo oficial.

Esa fue la actitud que adoptó Ivan Ilich. De la vida familiar sólo requería aquellas comodidades que podía ofrecerle —como la comida casera, el ama de casa y la cama—, y, sobre todo, el decoro en las formas externas que la opinión pública exigía. En todo lo demás, buscaba deleite y satisfacción, y quedaba agradecido cuando los encontraba. Pero si tropezaba con resistencia y refunfuño, se retiraba de inmediato al mundo cerrado y seguro de su trabajo oficial, en el que hallaba satisfacción.

A Ivan Ilich se le estimaba como buen funcionario y al cabo de tres años fue ascendido a Ayudante Fiscal. Sus nuevas obligaciones, la importancia de su cargo, la posibilidad de procesar y encarcelar a quien quisiera, la publicidad de sus discursos y el éxito que alcanzó en todo ello le hicieron aún más agradable el cargo.

Nacieron otros hijos. Su esposa se volvió más quejosa y malhumorada, pero la actitud de Ivan Ilich hacia su vida familiar fue barrera impenetrable contra las regañinas de ella.

Después de siete años de servicio en esa ciudad, Ivan Ilich fue trasladado a otra provincia con el cargo de Fiscal. Se mudaron allí, pero andaban escasos de dinero y a su mujer no le gustaba el nuevo domicilio. Aunque su sueldo superaba al anterior, el coste de la vida era mayor; además, murieron dos de los niños, por lo que la vida familiar le parecía aún más desagradable.

Praskovya Fyodorovna culpaba a su marido de todas las inconveniencias que encontraban en el nuevo hogar. La mayoría de los temas de conversación entre marido y mujer, sobre todo en lo tocante a la educación de los niños, giraban en torno a cuestiones que recordaban disputas anteriores, y esas disputas estaban a punto de recrudecerse en cualquier momento. Quedaban solo algunos períodos ocasionales de afecto entre ellos, pero no duraban mucho. Eran islotes a los que se aferraban durante algún tiempo, para luego volver a sumergirse en el océano de hostilidad secreta, que se manifestaba en el distanciamiento entre ambos. Ese distanciamiento hubiera podido afligir a Ivan Ilich si no hubiera considerado que no debería existir; pero ahora reconocía que su situación no solo era normal, sino que había llegado a ser el objetivo de su vida familiar. Ese objetivo consistía en librarse cada vez más de esas desazones y darles un barniz inofensivo y decoroso; y lo alcanzó pasando cada vez menos tiempo con la familia y tratando, cuando era preciso estar en casa, de blindarse con la presencia de otras personas. Lo más importante, sin embargo, era que contaba con su trabajo oficial, y en sus funciones judiciales se centraba ahora todo el interés de su vida. La conciencia de su poder, la posibilidad de arruinar a quien quisiera, la importancia, más aún, la gravedad impostada con que entraba en la sala del tribunal o en las reuniones con sus subordinados, su éxito con sus superiores e inferiores y, sobre todo, la destreza con que encauzaba los procesos, de la que bien se daba cuenta, —todo ello le procuraba sumo deleite y llenaba su vida, sin contar los coloquios con sus colegas, las comidas y las partidas de vint. Así pues, la vida de Ivan Ilich seguía siendo tan placentera y decorosa como él consideraba que debía ser.

Así transcurrieron otros siete años. Su hija mayor tenía ya dieciséis años, otro hijo había muerto, y solo quedaba el pequeño colegial, objeto de disputas. Ivan Ilich quería que ingresara en la Facultad de Derecho, pero Praskovya Fyodorovna, solo por fastidiar a su marido, lo matriculó en el instituto. La hija había recibido educación en casa, y su instrucción había resultado satisfactoria; el muchacho tampoco iba mal en sus estudios.

3

Así vivió Ivan Ilich durante diecisiete años desde su casamiento. Era ya un fiscal veterano. Esperando un puesto más atrayente, había rehusado ya varios traslados cuando surgió de improviso una circunstancia desagradable que perturbó por completo el curso apacible de su vida. Esperaba que le ofrecieran el cargo de presidente de tribunal en una ciudad universitaria, pero Hoppe de algún modo se le había adelantado y había obtenido el puesto. Ivan Ilich se irritó y empezó a quejarse y a reñir con Hoppe y sus superiores inmediatos, quienes comenzaron a tratarle con frialdad y le pasaron por alto en los nombramientos siguientes.

Eso ocurrió en 1880, año que fue el más duro en la vida de Ivan Ilich. Por una parte, en ese año quedó claro que su sueldo no les bastaba para vivir, y, por otra, que todos le habían olvidado; peor todavía, que lo que para él era la mayor y más cruel injusticia a otros les parecía una cosa común y corriente. Incluso su padre no se consideraba obligado a ayudarle. Ivan Ilich se sentía abandonado de todos, ya que juzgaban que un cargo con un sueldo de tres mil quinientos rublos era absolutamente normal y hasta privilegiado. Solo él sabía que con el conocimiento de las injusticias de que era víctima, con el sempiterno refunfuño de su mujer y con las deudas que había empezado a contraer por vivir por encima de sus posibilidades, su posición estaba lejos de ser normal.

Con el fin de ahorrar dinero, pidió licencia y fue con su mujer a pasar el verano de ese año a la casa de campo del hermano de ella.

En el campo, Ivan Ilich, alejado de su trabajo, sintió por primera vez en su vida no solo aburrimiento, sino una angustia insoportable. Decidió que era imposible vivir de ese modo y que era indispensable tomar una determinación.

Después de una noche de insomnio, que pasó entera en la terraza, decidió ir a Petersburgo y gestionar su traslado a otro ministerio, con la esperanza de darle una lección a quienes no habían sabido valorarlo.

Al día siguiente, pese a las objeciones de su mujer y su cuñado, partió hacia Petersburgo.

Su único propósito era conseguir un cargo con un sueldo de cinco mil rublos. Ya no pensaba en tal o cual ministerio, ni en un tipo específico de trabajo o actividad concreta. Todo lo que ahora necesitaba era otro cargo, un cargo con cinco mil rublos de sueldo, fuera en la administración pública, en un banco, en los ferrocarriles, en una de las instituciones creadas por la emperatriz María o incluso en aduanas, pero con la condición indispensable de cinco mil rublos de sueldo y de salir de un ministerio en el que no se le había valorado.

Y he aquí que ese viaje de Ivan Ilich se vio coronado con notable e inesperado éxito. En la estación de Kursk subió al vagón de primera clase un conocido suyo, F. S. Ilin, quien le habló de un telegrama que hacía poco había recibido el gobernador de Kursk anunciando un cambio importante que en breve se iba a producir en el ministerio: para el puesto de Pyotr Ivanovich se nombraría a Ivan Semyonovich.

El cambio propuesto, además de su significado para Rusia, tenía un significado especial para Ivan Ilich, ya que el ascenso de un nuevo funcionario, Pyotr Petrovich, y, por consiguiente, el de su amigo Zahar Ivanovich, eran sumamente favorables para Ivan Ilich, dado que Zahar Ivanovich era colega y amigo de Ivan Ilich.

En Moscú se confirmó la noticia, y al llegar a Petersburgo Ivan Ilich buscó a Zahar Ivanovich y recibió la firme promesa de un nombramiento en su antiguo departamento de justicia.

Al cabo de una semana mandó un telegrama a su mujer: «Zahar en puesto de Miller. Recibiré nombramiento en primer informe».

Gracias a este cambio de personal, Ivan Ilich recibió inesperadamente un nombramiento en su antiguo ministerio que le colocaba a dos grados por encima de sus antiguos colegas, con un sueldo de cinco mil rublos, más tres mil quinientos de remuneración por traslado. Ivan Ilich olvidó todo el enojo que sentía contra sus antiguos enemigos y contra el ministerio y quedó plenamente satisfecho.

Ivan Ilich volvió al campo más contento y feliz de lo que había estado en mucho tiempo. Praskovya Fyodorovna también se alegró y entre ellos se concertó una tregua. Ivan Ilich contó cuánto le había festejado todo el mundo en la capital, cómo todos los que habían sido sus enemigos quedaban avergonzados y ahora le adulaban servilmente, cuánto le envidiaban por su nuevo nombramiento y cuánto le quería todo el mundo en Petersburgo.

Praskovya Fyodorovna escuchaba todo aquello y aparentaba creerlo. No ponía objeciones a nada y se limitaba a hacer planes para la vida en la ciudad a la que iban a mudarse. E Ivan Ilich vio regocijado que tales planes eran los suyos propios, que marido y mujer estaban de acuerdo y que, tras un tropiezo, su vida recobraba el legítimo y natural carácter placentero y decoroso.

Ivan Ilich había vuelto al campo solo por unos días. Tenía que incorporarse a su nuevo cargo el 10 de septiembre. Además, necesitaba tiempo para instalarse en su nueva vivienda, trasladar allí todos los enseres de la provincia anterior y comprar y encargar otras muchas cosas; en una palabra, instalarse tal como lo tenía pensado, lo cual coincidía casi exactamente con lo que Praskovya Fyodorovna sentía a su vez.

Y ahora, cuando todo quedaba resuelto tan felizmente, cuando su mujer y él coincidían en sus planes y, por añadidura, se veían tan poco, se llevaban más amistosamente de lo que había sido el caso desde los primeros días de su matrimonio. Ivan Ilich había pensado en llevarse a la familia de inmediato, pero la insistencia de su cuñado y la esposa de éste, que de pronto se habían vuelto notablemente afables e íntimos con él y su familia, le indujeron a partir solo.

Y, en efecto, partió solo, y el jovial estado de ánimo producido por su éxito y la buena armonía con su mujer, uno reforzando al otro, no le abandonó ni un instante. Encontró un piso exquisito, justo como el que él y su esposa habían soñado. Salones grandes, de techos altos y decorados al estilo antiguo, un despacho cómodo y amplio, habitaciones para su mujer y su hija, un cuarto de estudio para su hijo –parecía como si todo hubiese sido diseñado para ellos. El propio Ivan Ilich dirigió la instalación, se encargó del empapelado y el tapizado, compró muebles, sobre todo de estilo antiguo, que él consideraba sumamente comme il faut, y todo fue adelante, adelante, hasta alcanzar el ideal que se había propuesto. Incluso cuando la instalación iba solo por la mitad superaba ya sus expectativas. Veía ya con claridad el carácter distinguido, elegante y refinado que todo tendría cuando estuviera terminado. A punto de quedarse dormido se imaginaba cómo sería el salón.

Mirando la sala, todavía sin terminar, veía ya la chimenea, el biombo, la rinconera y las sillas pequeñas colocadas al azar, los platos de adorno en las paredes y los bronces, cuando cada objeto ocupara su lugar correspondiente. Se alegraba al pensar en la impresión que todo ello causaría en su mujer y su hija, quienes también compartían su gusto. De seguro que no se lo esperaban. En particular, había conseguido hallar y comprar barato objetos antiguos que daban a toda la instalación un carácter singularmente aristocrático. Ahora bien, en sus cartas lo describía todo peor de lo que realmente era, con el fin de dar una sorpresa a su familia . Todo esto le absorbía tanto que su nuevo trabajo oficial, aunque le gustaba mucho, le interesaba menos de lo que había esperado. Durante las sesiones del tribunal había momentos en que se quedaba abstraído, pensando en si los pabellones de las cortinas deberían ser rectos o curvos. Tanto interés ponía en ello que a menudo él mismo hacía las cosas, cambiaba la disposición de los muebles o volvía a colgar las cortinas. Una vez, al subirse a una escalerilla para mostrar al tapicero –que no comprendía cómo debía quedar el pliegue de las cortinas– la disposición exacta que quería, perdió pie y resbaló, pero siendo hombre fuerte y ágil, se afianzó y solo se dio con un costado contra el tirador de la ventana. La magulladura le dolió, pero el dolor se le pasó pronto. Durante todo este tiempo se sentía sumamente alegre y vigoroso. Escribió: «Estoy como si me hubieran quitado quince años de encima». Había pensado terminar en septiembre, pero la instalación se prolongó hasta octubre. Sin embargo, el resultado fue admirable, no solo en su opinión sino en la de todos los que lo vieron.

En realidad, ocurrió lo que suele ocurrir en las viviendas de personas que quieren aparentar riqueza sin ser realmente ricas, y que, por consiguiente, terminan pareciéndose a otras de su misma condición: había tapicerías de damasco, muebles de caoba, plantas, alfombras y bronces, tanto brillantes como mates... en suma, todo aquello que poseen las gentes de cierta clase para asemejarse a otras de la misma clase. La casa de Ivan Ilich era tan parecida a las demás que no habría llamado la menor atención; sin embargo, a él le parecía algo único.

Quedó sumamente contento cuando fue a recibir a su familia a la estación y la llevó al nuevo piso, ya todo dispuesto e iluminado, donde un criado con corbata blanca abrió la puerta del vestíbulo que había sido adornado con plantas; y cuando, al entrar en la sala y el despacho, la familia prorrumpió en exclamaciones de deleite, los condujo a todas partes, absorbiendo ávidamente sus alabanzas y rebosando de gusto. Esa misma tarde, cuando durante el té Praskovya Fyodorovna le preguntó entre otras cosas por su caída, él rompió a reír y les mostró en pantomima cómo había salido volando y asustado al tapicero.

—No en vano tengo algo de atleta. Otro se hubiera matado, pero yo solo me di un golpe aquí... mirad. Me duele cuando lo toco, pero ya va pasando... No es más que una contusión.

Así pues, empezaron a vivir en su nuevo domicilio, en el que cuando por fin se acomodaron hallaron, como siempre sucede, que solo les hacía falta una habitación más. Y aunque los nuevos ingresos, como siempre sucede, les venían un poquitín cortos (cosa de quinientos rublos) todo iba de maravilla. Las cosas fueron especialmente bien al principio, cuando aún no estaba todo en su punto y quedaba algo por hacer: comprar esto, encargar aquello, cambiar una cosa de lugar, ajustar otra. Aunque había algunas discrepancias entre marido y mujer, ambos estaban tan satisfechos y tenían tanto que hacer que todo aquello pasó sin broncas de consideración. Cuando ya nada quedaba por arreglar hubo una pizca de aburrimiento, como si a ambos les faltase algo, pero ya para entonces estaban haciendo amistades y creando rutinas, y su vida iba adquiriendo consistencia.

Ivan Ilich pasaba la mañana en el juzgado y volvía a casa a la hora de comer. Al principio estuvo de buen humor, aunque a veces se irritaba un tanto a causa precisamente del nuevo alojamiento. (Cualquier mancha en el mantel o en la tapicería, cualquier cordón roto de persiana, le sulfuraban; había trabajado tanto en la instalación que cualquier desperfecto le acongojaba). Pero, en general, su vida transcurría como, según su parecer, la vida debía ser: cómoda, agradable y decorosa. Se levantaba a las nueve, tomaba café, leía el periódico, luego se ponía el uniforme y se iba al juzgado. Allí ya estaba tan amoldado al yugo de su trabajo, que rápidamente se sumergía en él: solicitantes, informes de cancillería, la cancillería misma y sesiones públicas y administrativas. En ello era preciso saber excluir todo aquello que, siendo fresco y vital, trastorna siempre el debido curso de los asuntos judiciales; era también preciso evitar toda relación que no fuese oficial y, por añadidura, de índole judicial. Por ejemplo, si llegaba alguien solicitando información sobre un asunto ajeno a su jurisdicción, Ivan Ilich no podía establecer relación alguna con él; pero si la solicitud se formulaba dentro de los cauces oficiales –por medio de un documento debidamente sellado–, entonces haría todo lo que estuviera al alcance de sus posibilidades dentro de los límites permitidos. Y al hacerlo, mantendría con la persona en cuestión la apariencia de relaciones amistosas, es decir, una cortesía meramente formal. Tan pronto como terminase la relación oficial terminaría también cualquier otro tipo de relación. Esta facultad de separar su vida oficial de su vida real la poseía Ivan

Ilich en grado sumo y, gracias a su larga experiencia y su talento, llegó a refinarla hasta el punto de que a veces, a la manera de un virtuoso, se permitía, casi como jugando, fundir la una con la otra. Se permitía tal cosa porque, de ser preciso, se sentía capaz de volver a separar lo oficial de lo humano y hacía todo eso no solo con facilidad, agrado y decoro, sino con virtuosismo. En los intervalos entre las sesiones del tribunal fumaba, tomaba té, charlaba un poco de política, un poco de temas generales, un poco de juegos de naipes, pero más que nada de nombramientos. Y, cansado pero con las sensaciones de un virtuoso –uno de los primeros violines que ha ejecutado con precisión su parte en la orquesta– volvía a su casa, donde encontraba que su mujer y su hija habían salido a visitar a alguien, o que allí había algún visitante, mientras su hijo, tras asistir a sus clases, preparaba sus lecciones con ayuda de sus tutores y estudiaba con ahínco lo que se enseña en el instituto. Todo iba a la perfección. Después de la comida, si no tenían visitantes, Ivan Ilich leía a veces algún libro del que a la sazón se hablase mucho, y al anochecer se sentaba a trabajar, esto es, a leer documentos oficiales, consultar códigos, cotejar declaraciones de testigos y aplicarles la ley correspondiente. Ese trabajo no era ni aburrido ni divertido. Le parecía aburrido cuando hubiera podido estar jugando a las cartas; pero si no había partida, era mejor que estar mano sobre mano, o estar solo, o estar con su mujer. El mayor deleite de Ivan Ilich era organizar pequeñas comidas a las que invitaba a hombres y mujeres de alta posición social, y al igual que su sala podía ser copia de otras salas, sus reuniones con tales personas podían ser copia de otras reuniones de la misma índole.

En cierta ocasión dieron un baile. Ivan Ilich disfrutó de él y todo resultó bien, salvo que tuvo una áspera disputa con su mujer con motivo de las tartas y los dulces. Praskovya Fyodorovna había hecho sus propios preparativos, pero Ivan Ilich insistió en pedirlo todo a un confitero de los caros y había encargado demasiadas tartas; y la disputa surgió cuando quedaron sin consumir algunas tartas y la cuenta del confitero ascendió a cuarenta y cinco rublos. La querella fue violenta y desagradable, tanto así que Praskovya Fyodorovna le llamó «imbécil y mentecato»; y él se agarró la cabeza con las manos y en un arranque de cólera hizo alusión al divorcio. Pero el baile había estado muy divertido. Había asistido gente de postín e Ivan Ilich había bailado con la princesa Trufonova, hermana de la fundadora de la conocida sociedad «Comparte mi aflicción». Los deleites de su trabajo oficial eran deleites de la ambición; los deleites de su vida social eran deleites de la vanidad. Pero el mayor deleite de Ivan Ilich era jugar al vint. Confesaba que al fin y al cabo, por desagradable que fuese cualquier incidente en su vida, el placer que, como un rayo de luz, superaba a todos los demás era sentarse a jugar al vint con buenos jugadores que no fueran chillones, y en partida de cuatro, por supuesto (porque en la de cinco era molesto quedar fuera, aunque fingiera que no le importaba), y enzarzarse en una partida seria e inteligente (si las cartas lo permitían); y luego cenar y beberse un vaso de vino. Después de la partida, Ivan

Ilich, sobre todo si había ganado un poco (porque ganar mucho era desagradable), se iba a la cama con muy buena disposición de ánimo.

Así vivían. Se habían rodeado de un grupo social de alto nivel al que asistían personajes importantes y gente joven.

En lo tocante a la opinión que tenían de esas amistades, marido, mujer e hija estaban de perfecto acuerdo y, sin disentir en lo más mínimo, se quitaban de encima a aquellos amigos y parientes de medio pelo que, con un sinfín de halagos, se metían volando en la sala decorada con los platos japoneses en las paredes. Pronto esos amigos insignificantes dejaron de importunarles; solo la gente más distinguida permaneció en el círculo de los Golovin. Los jóvenes rondaban a Liza, y el fiscal Petrischev, hijo de Dmitri Ivanovich Petrischev y heredero único de la fortuna de éste, empezó a cortejarla, al punto que Ivan Ilich había hablado ya de ello con Praskovya Fyodorovna para decidir si convendría organizarles una excursión o una función teatral de aficionados.

Así vivían, pues. Y todo iba como una seda, de manera agradable y sin cambios.

4

Todos gozaban de buena salud, porque no podía considerarse una indisposición el hecho de que Ivan Ilich mencionara, de vez en cuando, que tenía un extraño sabor de boca y una ligera molestia en el lado izquierdo del estómago.

Pero ocurrió que aquella molestia fue en aumento y, aunque todavía no era un dolor propiamente dicho, sí se convirtió en una sensación persistente de pesadez en ese lado, acompañada de mal humor. El mal humor, a su vez, fue creciendo y comenzó a perturbar la existencia agradable, cómoda y decorosa de la familia Golovin. Las disputas entre marido y mujer se hicieron más frecuentes y pronto socavaron la armonía y el placer de esa vida. Aun el decoro mismo solo a duras penas pudo mantenerse. Las discusiones se hicieron habituales. Solo quedaban, aunque cada vez con menor frecuencia, algunos breves momentos de tregua en los que marido y mujer podían estar juntos sin que estallara una disputa.

Y Praskovia Fiódorovna comenzó a quejarse, y no sin razón, de que su marido tenía muy mal genio. Con su típica propensión a exagerar las cosas decía que él había tenido siempre ese genio horrible y que solo su bondadoso carácter le había permitido soportarlo durante veinte años. Lo cierto era que ahora quien iniciaba las disputas era él, siempre al comienzo de la comida, a menudo cuando empezaba a tomar la sopa. A veces notaba que algún plato estaba astillado, o que un manjar no estaba en su punto, o que su hijo ponía los codos sobre la mesa, o que el peinado de su hija no estaba como debía y de todo ello echaba la culpa a Praskovya Fyodorovna. Al principio ella le contradecía y le contestaba con acritud, pero una o dos veces, al principio de la comida, Ivan Ilich se exasperó a tal punto que ella, comprendiendo que se trataba de un estado mórbido provocado por la toma de alimentos, se contuvo; no contestó, sino que se apresuró a terminar de comer, considerando que su moderación tenía muchísimo mérito. Habiendo llegado a la conclusión de que Ivan Ilich tenía un genio atroz y era la causa de su infelicidad, empezó a compadecerse de sí misma; y cuanto más se compadecía, más odiaba a su marido. Empezó a desear que muriera, a la vez que no quería su muerte porque en tal caso cesaría su sueldo; y esta contradicción no hacía más que aumentar su irritación contra él. Se consideraba terriblemente desgraciada porque ni siquiera la muerte de él podía salvarla, y aunque disimulaba su irritación, ese disimulo acentuaba aún más la irritación de él.

Después de una escena en la que Ivan Ilich se mostró especialmente injusto y tras la cual, a modo de explicación, dijo que, en efecto, estaba irritado, pero que ello se debía a que estaba enfermo, ella le respondió que, en tal caso, tenía que ponerse en tratamiento, e insistió en que acudiera a ver a un médico famoso.

Y así lo hizo. Todo sucedió como él esperaba; todo sucedió como siempre sucede. La espera, los aires de importancia que se daba el médico —tan similares a los que él mismo adoptaba en el juzgado–, la palpación, la auscultación, las preguntas que exigían respuestas obvias y completamente innecesarias, el semblante expresivo que parecía decir: «Si usted se somete a nuestro tratamiento, lo arreglaremos todo; sabemos perfectamente cómo solucionarlo, siempre y de la misma manera para cualquier persona». Exactamente lo mismo que en el juzgado. El médico famoso adoptaba ante él los mismos aires que él, en el tribunal, solía adoptar ante un acusado.

El médico dijo que tal-y-cual mostraba que el enfermo tenía tal-y-cual; pero que si el reconocimiento de tal-y-cual no lo confirmaba, entonces habría que suponer tal-o-cual, y que si se suponía tal-o-cual, entonces..., etc. Para Ivan Ilich solo había una pregunta importante: ¿su estado era grave o no? Pero el médico esquivó esa indiscreta pregunta. Desde su punto de vista era una pregunta ociosa que no admitía discusión; lo importante era decidir qué era lo más probable: si riñón flotante, o catarro crónico o apendicitis. No era cuestión de la vida o la muerte de Ivan Ilich, sino de si aquello era un riñón flotante o una apendicitis y esa cuestión la decidió el médico de modo brillante –o así le pareció a Ivan Ilich– a favor de la apendicitis, a reserva de que si el examen de la orina daba otros indicios habría que volver a considerar el caso. Todo aquello era exactamente lo que el propio Ivan Ilich había hecho miles de veces, y con la misma brillantez, con los procesados ante el tribunal. El médico resumió el caso de forma igualmente brillante, mirando a su procesado con expresión triunfal, incluso gozosamente, por encima de los lentes. Del resumen del médico, Ivan Ilich sacó la conclusión de que la situación no pintaba bien, pero que al médico, y quizás a los demás, no les importaba en absoluto, aunque para él era un asunto funesto. Y esa conclusión le afectó profundamente, despertando en él un intenso sentimiento de lástima por sí mismo y un profundo resentimiento por la indiferencia del médico ante algo tan importante.

Pero no dijo nada. Se levantó, puso los honorarios del médico en la mesa y comentó suspirando:

—Probablemente nosotros, los enfermos, hacemos a menudo preguntas indiscretas. Pero dígame: ¿esta enfermedad es peligrosa en general o no?

El médico le miró severamente por encima de los lentes como para decirle: «Procesado, si no se atiene usted a las preguntas que se le hacen me veré obligado a expulsarle de la sala».

—Ya le he dicho lo que considero necesario y conveniente. Veremos qué resulta de un análisis posterior —y el médico se inclinó.

Ivan Ilich salió despacio, se sentó angustiado en su trineo y volvió a casa. Durante todo el camino no cesó de repasar mentalmente lo que había dicho el médico, tratando de traducir esas palabras complicadas, oscuras y científicas a un lenguaje sencillo y encontrar en ellas la respuesta a la pregunta: ¿Es grave lo que tengo? ¿Es muy grave o no lo es todavía? y le parecía que el sentido de lo dicho por el médico era que la dolencia era muy grave. Todo lo que veía en las calles se le antojaba triste: tristes eran los coches de punto, tristes las casas, tristes los transeúntes, tristes las tiendas. El malestar que sentía, esa molestia sorda que no cesaba un solo instante, le parecía haber cobrado un nuevo y más grave significado a causa de las oscuras palabras del médico. Ivan Ilich lo observaba ahora con una nueva y opresiva atención.

Llegó a casa y empezó a contar a su mujer lo ocurrido. Ella le escuchaba, pero en medio del relato entró la hija con el sombrero puesto, lista para salir con su madre. La chica se sentó a regañadientes para oír la fastidiosa historia, pero no aguantó mucho. Su madre tampoco le escuchó hasta el final.

—Pues bien, me alegro mucho —dijo la mujer—. Ahora pon mucho cuidado en tomar la medicina con regularidad. Dame la receta y mandaré a Gerasim a la botica —y fue a vestirse para salir.

Él no respiró mientras ella estaba en la habitación, y suspiró profundamente cuando ella se fue.

«Bueno —se dijo él—. Quizá no sea nada al fin y al cabo».

Comenzó a tomar la medicina y a seguir las instrucciones del médico, que habían sido modificadas después del análisis de la orina. Pero entonces surgió una confusión entre ese análisis y lo que debía seguir a continuación. Fue imposible contactar con el médico y resultó, por consiguiente, que no se hizo lo que le había dicho éste. Tal vez se olvidó, o mintió, o le había ocultado algo.

Pero, en todo caso, Ivan Ilich siguió cumpliendo las instrucciones y al principio obtuvo algún alivio de ello.

La principal ocupación de Ivan Ilich desde su visita al médico fue el cumplimiento puntual de las instrucciones de éste en lo tocante a higiene y la toma de la medicina, así como la observación de su dolencia y de todas las funciones de su organismo. Su interés principal se centró en los padecimientos y la salud de otras personas. Cuando alguien hablaba en su presencia de enfermedades, muertes, o curaciones, especialmente cuando la enfermedad se asemejaba a la suya, escuchaba con una atención que procuraba disimular, hacía preguntas y aplicaba lo que oía a su propio caso.

El dolor no disminuía, pero Ivan Ilich se esforzaba por creer que estaba mejor y podía engañarse mientras no tuviera motivo de agitación. Pero tan pronto como surgía algún conflicto con su esposa, un fracaso en su trabajo oficial o una mala racha en el vint, sentía al instante todo el peso de su dolencia.

Antes, podía sobrellevar esos reveses confiando en que pronto todo se enderezaría, que superaría los obstáculos, que alcanzaría el éxito y que acabaría ganando todas las bazas en la partida de cartas. Ahora, sin embargo, cada tropiezo lo desestabilizaba por completo y le sumía en la desesperación. Se decía: «Hay que ver: ya empezaba a sentirme mejor, la medicina comenzaba a hacer efecto, y ahora surge este maldito infortunio, o este incidente desagradable...» y se enfurecía contra ese infortunio o contra las personas que habían causado el incidente desagradable y que le estaban matando, porque pensaba que esa furia le mataba, pero no podía frenarla. Se podría pensar que se daría cuenta de que esa irritación contra las circunstancias y las personas agravaría su enfermedad y que por lo tanto no debería hacer caso de los incidentes desagradables; pero sacaba una conclusión totalmente opuesta: decía que necesitaba tranquilidad, vigilaba todo aquello que pudiera alterarla y se irritaba ante la menor violación de ella. Su estado empeoraba con la lectura de libros de medicina y la consulta de médicos. Pero el empeoramiento era tan gradual que podía engañarse cuando comparaba un día con otro, ya que la diferencia era muy leve. Pero cuando consultaba a los médicos le parecía que empeoraba, e incluso muy rápidamente. Y, ello no obstante, los consultaba continuamente.

Ese mes fue a ver a otro médico famoso, quien le dijo casi lo mismo que el primero, pero le hizo preguntas de modo diferente y la consulta con ese otro célebre facultativo solo aumentó la incertidumbre y el temor de Ivan Ilich. El amigo de un amigo suyo –un médico muy bueno– facilitó por su parte un diagnóstico totalmente diferente del de los otros, aunque pronosticó su recuperación, sus preguntas y suposiciones desconcertaron aún más a Ivan Ilich e incrementaron sus dudas. Un homeópata, a su vez, le dio otro diagnóstico diferente y le recetó un medicamento que Ivan Ilich estuvo tomando en secreto durante ocho días, al cabo de los cuales, sin experimentar mejoría alguna y habiendo perdido la confianza en los tratamientos anteriores y en éste, se sintió aún más deprimido. Un día una señora conocida le habló de la eficacia curativa de unas imágenes sagradas. Ivan Ilich notó con sorpresa que estaba escuchando atentamente y empezaba a creer en ello. Ese incidente le amedrentó. «¿Pero es posible que esté ya tan débil de la cabeza?» —se preguntó—. «¡Tonterías! Eso es absurdo. No debo ser tan aprensivo, y ya que he escogido a un médico tengo que ajustarme estrictamente a su tratamiento. Eso es lo que haré. Punto final. No volveré a pensar en ello y seguiré rigurosamente ese tratamiento hasta el verano. Luego ya veremos. De ahora en adelante nada de vacilaciones...» Fácil era decirlo, pero imposible llevarlo a cabo. El dolor del costado le atormentaba, parecía agravarse y llegó a ser incesante, el sabor de boca se volvía cada vez más extraño. Le parecía que su aliento tenía un olor repulsivo, a la vez que notaba pérdida de apetito y debilidad física. Era imposible engañarse: algo terrible le estaba ocurriendo, algo nuevo y más importante que todo lo que hasta entonces había conocido en su vida. Y él era el único que lo sabía; los que le rodeaban no lo comprendían o no querían comprenderlo y creían que todo en este mundo iba como de costumbre. Eso era lo que más atormentaba a Ivan Ilich. Veía que las gentes de casa, especialmente su mujer y su hija —quienes se movían en un verdadero torbellino de visitas— no entendían nada de lo que le pasaba y se enfadaban porque se mostraba tan deprimido y exigente, como si él tuviera la culpa de ello. Aunque trataban de disimularlo, él se daba cuenta de que era un estorbo para ellas y que su mujer había adoptado una concreta actitud ante su enfermedad y la mantenía a despecho de lo que él dijera o hiciese. Esa actitud era la siguiente:

—¿Saben ustedes? —decía a sus amistades—. Ivan Ilich no hace lo que hacen otras personas, o sea, atenerse rigurosamente al tratamiento que le han indicado. Un día toma sus gotas, come lo que le conviene y se acuesta a la hora debida; pero al día siguiente, si yo no estoy atenta, se olvida de tomar la medicina, come esturión –que le está prohibido– y se sienta a jugar a las cartas hasta las tantas.

–¡Vamos, anda! ¿Y eso cuándo fue? –decía Ivan Ilich enfadado–. Solo una vez, en casa de Pyotr Ivanovich.

–Y ayer en casa de Shebek.

–Bueno, en todo caso el dolor no me hubiera dejado dormir.

–Di lo que quieras, pero así no te pondrás nunca bien y seguirás fastidiándonos.

La actitud evidente de Praskovya Fyodorovna, según la manifestaba a otros y al mismo Ivan Ilich, era la de que éste tenía la culpa de su propia enfermedad, con la cual imponía una molestia más a su esposa. Él opinaba que esa actitud era involuntaria, pero no por eso era menor su aflicción.

En los tribunales Ivan Ilich notó, o creyó notar, la misma extraña actitud hacia él: a veces le parecía que la gente le observaba como a quien pronto dejaría vacante su cargo. A veces también sus amigos se burlaban amistosamente de su aprensión, como si la cosa atroz, horrible, inaudita, que llevaba dentro, la cosa que le roía sin cesar y le arrastraba irremisiblemente hacia Dios sabe dónde, fuera motivo de broma. Schwartz, en particular, le irritaba con su jocosidad, vitalidad y "commeilfautness", cualidades que le recordaban lo que él mismo había sido diez años antes.

Llegaron los amigos a echar una partida y tomaron asiento. Dieron las cartas, sobándolas un poco porque la baraja era nueva, él apartó los oros y vio que tenía siete.

Su compañero de juego declaró «sin triunfos» y le apoyó con otros dos oros. ¿Qué más se podía pedir? La cosa iba a las mil maravillas. Darían capote. Pero de pronto Ivan Ilich sintió ese dolor agudo, ese mal sabor de boca, y le pareció un tanto ridículo alegrarse de dar capote en tales condiciones.

Miró a su compañero de juego Mihail Mihailovich. Éste dio un fuerte golpe en la mesa con la mano y, en lugar de recoger la baza, empujó cortés y compasivamente las cartas hacia Ivan Ilich para que éste pudiera recogerlas sin alargar la mano. «¿Es que se cree que estoy demasiado débil para estirar el brazo?», pensó Ivan Ilich y olvidando lo que estaba haciendo sobrepujó los triunfos de su compañero y falló dar capote por tres bazas. Lo peor fue que notó lo molesto que quedó Mihail Mihailovich y lo poco que a él le importaba. Y era aterrador darse cuenta de por qué no le importaba.

Todos vieron que se sentía mal y le dijeron: «Podemos suspender el juego si está usted cansado. Descanse». ¿Descansar? No, no estaba cansado en lo más mínimo; terminarían la mano. Todos estaban sombríos y callados. Ivan Ilich sintió que era él la causa de aquella tristeza y mutismo, y que no podía disiparlo. Cenaron y se marcharon. Ivan Ilich se quedó solo, con la conciencia de que su vida estaba emponzoñada y emponzoñaba la vida de otros, y de que esa ponzoña no disminuía, sino que penetraba cada vez más en sus entrañas.

Y con esa conciencia, junto con el sufrimiento físico y el terror, tenía que meterse en la cama, permaneciendo a menudo despierto la mayor parte de la noche. Y al día siguiente tenía que levantarse, vestirse, ir a los tribunales, hablar, escribir; o si no salía, quedarse en casa esas veinticuatro horas del día, cada una de las cuales era una tortura. Y vivir así, solo, al borde de un abismo, sin nadie que le comprendiese ni se apiadase de él.

5

Así pasó un mes y luego otro. Poco antes de Año Nuevo llegó a la ciudad su cuñado y se instaló en casa de ellos. Ivan Ilich estaba en el juzgado. Praskovya Fyodorovna había salido de compras. Cuando Ivan Ilich volvió a casa y entró en su despacho vio en él a su cuñado, hombre sano, de tez sanguínea, que estaba deshaciendo su maleta. Levantó la cabeza al oír los pasos de Ivan Ilich y le miró un momento sin articular palabra. Esa mirada fue una total revelación para Ivan Ilich. El cuñado abrió la boca para lanzar una exclamación de sorpresa, pero se contuvo. Ese gesto lo confirmó todo.

–Estoy cambiado, ¿eh?

–Sí... hay un cambio.

Y si bien Ivan Ilich trató de hablar de su aspecto físico con su cuñado, éste guardó silencio. Llegó Praskovya Fyodorovna y el cuñado salió a verla. Ivan Ilich cerró la puerta con llave y empezó a mirarse en el espejo, primero de frente, luego de lado. Cogió un retrato en que aparecía con su esposa y lo comparó con lo que veía en el espejo. El cambio era enorme. Luego se remangó los brazos hasta el codo, los miró, se sentó en la otomana y se sintió más oscuro que la noche.

«¡No, no se puede vivir así!» –se dijo, y levantándose de un salto fue a la mesa, abrió un expediente y empezó a leerlo, pero no pudo seguir. Abrió la puerta y entró en el salón. La puerta que daba a la sala estaba abierta. Se acercó a ella de puntillas y se puso a escuchar.

—No. Tú exageras —decía Praskovya Fyodorovna.

—¿Cómo que exagero? ¿Es que no ves que es un muerto? Mírale los ojos... no hay luz en ellos. ¿Pero qué es lo que tiene?

—Nadie lo sabe. Nikolayev (que era otro médico) dijo algo, pero no sé lo que es. Y Leschetitski (otro galeno famoso) dijo lo contrario...

Ivan Ilich se apartó de allí, fue a su habitación, se acostó y se puso a pensar: «El riñón, un riñón flotante». Recordó todo lo que habían dicho los médicos: cómo se desprende el riñón y se desplaza de un lado para otro. Y con un esfuerzo de imaginación intentó apresarlo, sujetarlo y fijarlo en un sitio; «y es tan poco —pensaba— lo que falta para ello. No. Iré una vez más a ver a Pyotr Ivanovich». (Éste era el amigo cuyo amigo era médico). Tiró de la campanilla, pidió el coche y se dispuso a salir.

—¿A dónde vas, Jean? —preguntó su mujer con expresión especialmente triste y acento insólitamente bondadoso.

Ese acento insólitamente bondadoso le irritó. Él la miró sombríamente.

—Debo ir a ver a Pyotr Ivanovich.

Fue a casa de Pyotr Ivanovich y, acompañado de éste, fue a ver a su amigo el médico. Lo encontraron en casa e Ivan Ilich habló largamente con él.

Repasando los detalles anatómicos y fisiológicos de lo que, en opinión del médico, ocurría en su cuerpo, Ivan Ilich lo comprendió todo.

Había una cosa, una cosa pequeña, en el apéndice vermiforme. Todo eso podría remediarse. Estimulando la energía de un órgano y frenando la actividad de otro se produciría una absorción y todo quedaría resuelto. Llegó un poco tarde a la comida. Durante la cena, conversó con amabilidad, pero por un largo rato no se sintió con ánimos para regresar a su despacho. Por fin, volvió al despacho y se puso a trabajar. Estuvo leyendo expedientes, pero la conciencia de haber dejado algo aparte, un asunto importante e íntimo al que tendría que volver cuando terminase su trabajo, no le abandonaba. Cuando terminó su labor recordó que ese asunto íntimo era la cuestión del apéndice vermiforme. Pero no se rindió a ella, sino que fue a tomar el té a la sala. Había visitantes charlando, tocando el piano y cantando; estaba también el juez de instrucción, prometedor novio de su hija. Como hizo notar Praskovya Fyodorovna, Ivan Ilich pasó la velada más animado que otras veces, pero sin olvidarse un momento de que había aplazado la cuestión importante del apéndice vermiforme. A las once se despidió y pasó a su habitación. Desde su enfermedad dormía solo en un cuarto pequeño contiguo a su despacho. Entró, se desnudó y tomó una novela de Zola, pero no la leyó, sino que se dio a pensar, y en su imaginación efectuó la deseada corrección del apéndice vermiforme. Se produjo la absorción, la evacuación, el restablecimiento de la función normal. «Sí, así es, efectivamente –se dijo–. Basta con ayudar a la naturaleza». Se acordó de su medicina, se levantó, la tomó, se acostó boca arriba, acechando cómo la medicina surtía sus benéficos efectos y eliminaba el dolor. «solo hace falta tomarla con regularidad y evitar toda influencia perjudicial; ya me siento un poco mejor, mucho mejor». Empezó a palparse el costado; el contacto no le provocó dolor. «Sí, no lo siento; de veras que estoy mucho mejor». Apagó la bujía y se volvió de lado... El apéndice vermiforme mejoraba, se producía la absorción. De repente sintió el antiguo, conocido, sordo, corrosivo dolor, agudo y contumaz como siempre; el consabido y asqueroso sabor de boca. Se le encogió el corazón y se le enturbió la mente. «¡Dios mío, Dios mío! –murmuró entre dientes–. ¡Otra vez, otra vez! ¡Y no cesa nunca!» Y de pronto el asunto se le presentó con cariz enteramente distinto. «¡El apéndice vermiforme! ¡El riñón! –dijo para sus adentros–. No se trata del apéndice o del riñón, sino de la vida y... la muerte. Sí, la vida estaba ahí y ahora se va, se va, y no puedo retenerla. Sí. ¿De qué sirve engañarme? ¿Acaso no ven todos, menos yo, que me estoy muriendo, y que solo es cuestión de semanas, de días... quizá ahora mismo? Antes había luz aquí y ahora hay tinieblas. Yo estaba aquí, y ahora voy allá. ¿A dónde?» Sintió un escalofrío helado, se le cortó la respiración y solo pudo percibir el latido acelerado de su corazón.

«Cuando yo ya no exista, ¿qué habrá? No habrá nada. Entonces ¿dónde estaré cuando ya no exista? ¿Es esto morirse? No, no quiero». Se incorporó de un salto, quiso encender la bujía, la buscó con manos trémulas, se le escapó al suelo junto con la palmatoria, y él se dejó caer de nuevo sobre la almohada. «¿Para qué? Da lo mismo –se dijo, fijando la mirada en la oscuridad–. La muerte. Sí, la muerte. Y ésos no lo saben ni quieren saberlo, y no me tienen lástima. Ahora están tocando el piano. (Oía a través de la puerta el sonido de una voz y su acompañamiento). A ellos no les importa, pero también morirán. ¡Idiotas! Yo primero y luego ellos, pero a ellos les pasará lo mismo. Y ahora tan contentos... ¡los muy bestias!» La furia le ahogaba y se sentía atormentado, intolerablemente afligido. Era imposible que todo ser humano estuviese condenado a sufrir ese horrible espanto. Se incorporó.

«Algo no encaja. Necesito calmarme; necesito repasarlo todo mentalmente desde el principio». Y, en efecto, se puso a pensar. «Sí, el principio de la enfermedad. Me di un golpe en el costado, pero estuve bien ese día y el siguiente. Un poco molesto y luego algo más. Más tarde los médicos, luego tristeza y abatimiento. Vuelta a los médicos, y seguí acercándome cada vez más al abismo. Fui perdiendo fuerzas. Más cerca cada vez. Y ahora estoy demacrado y no tengo luz en los ojos. Pienso en el apéndice, pero esto es la muerte. Pienso en corregir el apéndice, pero mientras tanto aquí está la muerte. ¿De veras que es la muerte?» El espanto se apoderó de él una vez más, volvió a jadear, se agachó para buscar los fósforos, apoyando el codo en la mesilla de noche. Pero esta le estorbaba y le hacía daño, lo que desató su furia. Se apoyó en ella con más fuerza y la volcó. Y desesperado, respirando con fatiga, se dejó caer de espaldas, esperando que la muerte llegase al momento.

Mientras tanto, los visitantes se marchaban. Praskovya Fyodorovna los acompañó a la puerta. Ella oyó caer algo y entró.

–¿Qué te pasa?

–Nada. Que la he tirado sin querer.

Su esposa salió y volvió con una bujía. Él seguía acostado boca arriba, respirando con rapidez y esfuerzo como quien acaba de correr un buen trecho y levantando con fijeza los ojos hacia ella.

–¿Qué te pasa, Jean?

–Na...da. La he ti...ra...do... (¿Para qué hablar de ello? No lo comprenderá –pensó).

Y, en verdad, ella no comprendía. Levantó la mesilla de noche, encendió la bujía y salió de prisa porque otra visitante se despedía.

Cuando volvió, él seguía tumbado de espaldas, mirando el techo.

–¿Qué te pasa? ¿Estás peor?

–Sí.

Ella sacudió la cabeza y se sentó.

–¿Sabes, Jean? Estoy pensando en invitar a Leschetizky que venga a verte aquí.

Eso significaba solicitar la visita del médico famoso sin preocuparse de los gastos. Él sonrió maliciosamente y dijo: «No». Ella permaneció sentada un rato más, luego se acercó a él y le dio un beso en la frente.

Mientras ella le besaba, él la aborrecía con toda su alma; y tuvo que hacer un esfuerzo para no apartarla de un empujón.

–Buenas noches. Dios quiera que duermas.

–Sí.

6

Ivan Ilich vio que se moría y su desesperación era constante.

En el fondo de su ser sabía que se estaba muriendo, pero no solo no se habituaba a esa idea, sino que sencillamente no la comprendía ni podía comprenderla.

El silogismo aprendido en la Lógica de Kiesewetter: «Cayo es un ser humano, los seres humanos son mortales, por consiguiente Cayo es mortal», le había parecido legítimo únicamente con relación a Cayo, pero de ninguna manera con relación a sí mismo. Que Cayo –ser humano en abstracto– fuese mortal le parecía enteramente justo; pero él no era Cayo, ni era un hombre abstracto, sino un hombre concreto, una criatura distinta de todas las demás: él había sido el pequeño Vanya con su papá y su mamá, con Mitya y Volodya, con sus juguetes, con el cochero y la niñera, y más tarde con Katenka, con todas las alegrías y tristezas y todos los entusiasmos de la infancia, la adolescencia y la juventud. ¿Acaso Cayo sabía algo del olor de la pelota de cuero de rayas que tanto le gustaba a Vanya? ¿Acaso Cayo besaba de esa manera la mano de su madre? ¿Acaso el frufrú del vestido de seda de ella le sonaba a Cayo de ese modo? ¿Acaso se había rebelado éste contra las empanadillas que servían en la facultad? ¿Acaso Cayo se había enamorado así? ¿Acaso Cayo podía presidir una sesión como él lo hacía?

Cayo era efectivamente mortal y era justo que muriese, pero en mi caso –pensaba–, en el caso de Vanya, de Ivan

Ilich, con todas mis ideas y emociones, la cosa es bien distinta y no es posible que tenga que morir. Eso sería demasiado horrible.

Así lo concebía.

«Si yo tuviera que morir como Cayo, lo sabría; una voz interior me lo habría dicho; pero nada de eso me ha ocurrido. Y tanto yo como mis amigos entendíamos que nuestro caso no tenía nada que ver con el de Cayo. ¡Y ahora se presenta esto! –se dijo–. ¡No puede ser! ¡No puede ser, pero es! ¿Cómo es posible? ¿Cómo entenderlo?»

Y no podía entenderlo. Trató de ahuyentar aquel pensamiento falso, incorrecto, enfermizo y poner en su lugar otros pensamientos sanos y correctos. Pero aquel pensamiento –y más que pensamiento, la realidad misma– volvía una y otra vez y se enfrentaba con él.

Y para desplazar ese pensamiento convocó toda una serie de otros, con la esperanza de encontrar en ellos algún apoyo. Intentó volver al curso de pensamientos que anteriormente le habían protegido contra la idea de la muerte. Pero –cosa rara– todo lo que antes le había servido de escudo, todo aquello que le había ocultado y suprimido la conciencia de la muerte, no producía ahora efecto alguno. Últimamente Ivan Ilich pasaba gran parte del tiempo en estas tentativas de reconstituir el curso previo de los pensamientos que le protegían de la muerte. A veces se decía: «Volveré a mi trabajo, porque al fin y al cabo vivía de él». Y apartando de sí toda duda, iba al juzgado, entablaba conversación con sus colegas y, según costumbre, se sentaba distraído, contemplaba meditabundo a la multitud, apoyaba los enflaquecidos brazos en los reposabrazos del sillón de roble, y, recogiendo algunos papeles, se inclinaba hacia un colega, también según costumbre, murmuraba algunas palabras con él, y luego, levantando los ojos e enderezándose en el sillón, pronunciaba las frases habituales y daba por abierta la sesión. Pero de pronto, a la mitad de esta, su dolor de costado, ajeno a todo el protocolo judicial, iniciaba su propia labor corrosiva. Ivan Ilich intentaba apartar el dolor de su mente, pero este persistía, se alzaba ante él y lo miraba de frente. Y él se quedaba petrificado, se le nublaba la luz de los ojos, y comenzaba de nuevo a preguntarse: «¿Pero es que solo este dolor es verdad?». Y sus colegas y subordinados notaban, con sorpresa y pesar, que él, juez brillante y sutil, empezaba a confundir los casos y a cometer errores. Él se estremecía, procuraba volver en su acuerdo, llegar de algún modo al final de la sesión y volverse a casa con la triste convicción de que sus funciones judiciales ya no podían ocultarle, como antes ocurría, lo que él quería ocultar; que esas labores no podían librarle de aquello. Y lo peor de todo era que aquello atraía su atención no para que él hiciera algo al respecto, sino únicamente para que lo mirara cara a cara, sin poder hacer nada, y sufriera lo indecible.

Y para librarse de esa situación, Ivan Ilich buscaba consuelo ocultándose tras otros biombos, y, en efecto, halló nuevos biombos que durante breve tiempo parecían salvarle, pero que muy pronto se vinieron abajo o, mejor dicho, se tomaron transparentes, como si aquello los penetrase y nada pudiese ponerle coto.

En estos últimos tiempos solía entrar en la sala que él mismo había arreglado –la sala en que había tenido la caída y a cuyo acondicionamiento–, ¡qué amargamente ridículo era pensarlo! había sacrificado su vida, porque él sabía que su dolencia había empezado con aquel golpe. Entraba y veía que algo había hecho un rasguño en la superficie barnizada de la mesa. Buscaba la causa y encontraba que era el borde retorcido del adorno de bronce de un álbum. Cogía el apreciado álbum, recopilado amorosamente por él, y se enojaba por la negligencia de su hija y los amigos de ésta –bien porque el álbum estaba roto por varios sitios o bien porque las fotografías estaban del revés. Volvía a ordenarlas escrupulosamente y a enderezar el borde del adorno.

Luego se le ocurría colocar todas esas cosas en otro rincón de la habitación, junto a las plantas. Llamaba a un lacayo, pero venían su hija o su esposa en su ayuda. Ellas no estaban de acuerdo, le contradecían, y él les discutía, se enfadaba; pero todo estaba bien, porque mientras tanto no se acordaba de aquello, aquello era invisible.

Pero cuando él mismo movía algo, su mujer le decía: «Deja que lo hagan los criados. Te vas a hacer daño otra vez», y de pronto aquello aparecía a través del biombo y él lo veía. Era una aparición momentánea y él esperaba que se esfumara, pero sin querer prestaba atención a su costado. «Está ahí continuamente, royendo como siempre» –y ya no podía olvidarse de aquello, que le miraba abiertamente desde detrás de las plantas. ¿A qué venía todo eso?

«Y es cierto que fue aquí, por causa de esta cortina, donde perdí la vida, como en el asalto a una fortaleza.

¿De veras? ¡Qué horrible y qué estúpido! ¡No puede ser verdad! ¡No puede serlo, pero lo es!»

Fue a su despacho, se acostó y una vez más se quedó solo con aquello: de cara a cara con aquello. Y no había nada que hacer, salvo mirarlo y temblar.

7

Imposible es contar cómo ocurrió la cosa, porque vino paso a paso, insensiblemente, pero en el tercer mes de la enfermedad de Ivan Ilich, su mujer, su hija, su hijo, los conocidos de la familia, la servidumbre, los médicos y, sobre todo él mismo, se dieron cuenta de que el único interés que mostraba consistía en si dejaría pronto vacante su cargo, libraría a los demás de las molestias que su presencia les causaba y se libraría a sí mismo de sus padecimientos.

Cada vez dormía menos. Le daban opio y empezaron a ponerle inyecciones de morfina. Pero ello no le paliaba el dolor. La sorda congoja que sentía durante la somnolencia le sirvió de alivio solo al principio, como cosa nueva, pero luego llegó a ser tan torturante como el dolor mismo, o aún más que éste.

Por prescripción de los médicos le preparaban una alimentación especial, pero también ésta le resultaba cada vez más insípida, cada vez más repulsiva.

Para las evacuaciones también se tomaron medidas especiales, cada una de las cuales era un tormento para él: el tormento de la inmundicia, la indignidad y el olor, así como el de saber que otra persona tenía que participar en ello.

Pero fue cabalmente en esa desagradable función donde Ivan Ilich halló consuelo. Gerasim, el ayudante del mayordomo, era el que siempre venía a llevarse los excrementos.

Gerasim era un campesino joven, limpio y lozano, siempre alegre y espabilado, que había engordado con las comidas de la ciudad. Al principio la presencia de este individuo, siempre vestido pulcramente a la rusa, que hacía esa faena repugnante, perturbaba a Ivan Ilich.

En una ocasión en que éste, al levantarse del orinal, sintió que no tenía fuerza suficiente para subirse el pantalón, se desplomó sobre un sillón blando y miró con horror sus muslos desnudos y enjutos, perfilados por músculos impotentes.

Entró Gerasim con paso firme y ligero, esparciendo el grato olor a brea de sus botas recias y el fresco aire invernal, con mandil de cáñamo y limpia camisa de percal de mangas remangadas sobre sus fuertes y juveniles brazos desnudos, y sin mirar a Ivan Ilich –por lo visto para no agraviarle con el gozo de vivir que brillaba en su rostro, se acercó al orinal.

–Gerasim –dijo Ivan Ilich con voz débil.

Gerasim se estremeció, temeroso al parecer de haber cometido algún desliz, y con gesto rápido volvió hacia el enfermo su cara fresca, bondadosa, sencilla y joven, en la que empezaba a despuntar un atisbo de barba.

–¿Qué desea el señor?

–Esto debe de serte muy desagradable. Perdóname. No puedo valerme por mi mismo.

–Por Dios, señor –y los ojos de Gerasim brillaron mientras que mostraba sus brillantes dientes blancos–. No es apenas molestia. Es porque está usted enfermo.

Y con manos fuertes y hábiles hizo su acostumbrado menester y salió de la habitación con paso liviano. Al cabo de cinco minutos volvió con igual paso.

Ivan Ilich seguía sentado en el sillón.

Gerasim –dijo cuando éste colocó en su sitio el utensilio ya limpio y bien lavado–, por favor ven aquí y ayúdame –Gerasim se acercó a él –. Levántame. Me cuesta mucho trabajo hacerlo por mí mismo y le dije a Dmitri que se fuera.

Gerasim se acercó, le agarró a la vez con fuerza y destreza –lo mismo que cuando andaba–, le alzó hábil y suavemente con un brazo, y con el otro le levantó el pantalón y quiso sentarle, pero Ivan Ilich le dijo que le llevara al sofá. Gerasim, sin hacer esfuerzo ni presión al parecer, le condujo casi en vilo al sofá y le depositó en él.

–Gracias. ¡Qué bien y con cuánto tino lo haces todo!

Gerasim sonrió de nuevo y se dispuso a salir, pero Ivan Ilich se sentía tan a gusto con él que no quería que se fuera.

–Otra cosa. Acerca, por favor, esa silla. No, la otra, y pónmela debajo de los pies. Me siento mejor cuando tengo los pies levantados.

Gerasim acercó la silla, la colocó suavemente en el sitio a la vez que levantaba los pies de Ivan Ilich y los ponía en ella. A éste le parecía sentirse mejor cuando Gerasim le tenía los pies en alto.

–Me siento mejor cuando tengo los pies levantados – dijo Ivan Ilich–. Ponme ese cojín debajo de ellos.

Gerasim así lo hizo. De nuevo le levantó los pies y volvió a depositarlos. De nuevo Ivan Ilich se sintió mejor mientras Gerasim se los levantaba. Cuando los bajó, a Ivan Ilich le pareció que se sentía peor.

–Gerasim –dijo–, ¿estás ocupado ahora?

—No, señor, en absoluto— respondió Gerasim, que de los criados de la ciudad había aprendido cómo hablar con los señores.

—¿Qué tienes que hacer todavía?

—¿Que qué tengo que hacer? Ya lo he hecho todo, salvo cortar leña para mañana.

—Entonces levántame las piernas un poco más, ¿puedes?

—¡Claro que sí! —Gerasim levantó aún más las piernas de su amo, y a éste le pareció que en esa postura no sentía dolor alguno.

—¿Y qué de la leña?

—No se preocupe el señor. Hay tiempo para ello.

Ivan Ilich dijo a Gerasim que se sentara y le tuviera los pies levantados y empezó a hablar con él. Y, cosa rara, le parecía sentirse mejor mientras Gerasim le tenía levantadas las piernas.

A partir de entonces Ivan Ilich llamaba de vez en cuando a Gerasim, le ponía las piernas sobre los hombros y disfrutaba de hablar con él. Gerasim hacía todo ello con tiento y sencillez, y de tan buena gana y con tan notable afabilidad que le conmovía. La salud, la fuerza y la vitalidad de otras personas ofendían a Ivan Ilich; únicamente la energía y la vitalidad de Gerasim no le mortificaban, sino que le tranquilizaban.

El mayor tormento de Ivan Ilich era la mentira, la mentira que por algún motivo todos aceptaban, según la cual él no estaba muriéndose, sino que solo estaba enfermo, y que bastaba con que se mantuviera tranquilo y se atuviera a su tratamiento para que se pusiera bien del todo. Él sabía, sin embargo, que hiciesen lo que hiciesen nada resultaría de ello, salvo padecimientos aún más agudos y la muerte. Y le atormentaba esa mentira, le atormentaba que no quisieran admitir que todos ellos sabían que era mentira y que él lo sabía también, y que le mintieran acerca de su horrible estado y se aprestaran —más aún, le obligaran— a participar en esa mentira. La mentira —esa mentira perpetrada sobre él en vísperas de su muerte— encaminada a rebajar el hecho atroz y solemne de su muerte al nivel de las visitas, las cortinas, el esturión de la comida... era un horrible tormento para Ivan Ilich. Y, cosa extraña, muchas veces cuando se entregaban junto a él a esas patrañas estuvo a un pelo de gritarles: «¡Dejad de mentir! ¡Vosotros bien sabéis, y yo sé, que me estoy muriendo! ¡Conque al menos dejad de mentir!» Pero nunca había tenido el valor suficiente para hacerlo.

Veía que el hecho atroz, horrible, de su gradual extinción era reducido por cuantos le rodeaban al nivel de un incidente casual, en parte indecoroso (algo así como si un individuo entrase en una sala esparciendo un mal olor), resultado de ese mismo «decoro» que él mismo había practicado toda su vida. Veía que nadie se compadecía de él, porque nadie quería siquiera entender su situación. Únicamente Gerasim le entendía y le tenía lástima; y por eso Ivan Ilich se sentía a gusto solo con él. Se sentía a gusto cuando Gerasim pasaba a veces la noche entera sosteniéndole las piernas, sin querer ir a acostarse, diciendo: «No se preocupe, Ivan Ilich, que dormiré más tarde». O cuando, tuteándole, agregaba: «Si no estuvieras enfermo, sería distinto, ¿pero cómo no hacerlo ahora?» Gerasim era el único que no mentía, y en todo lo que hacía mostraba que comprendía cómo iban las cosas y que no era necesario ocultarlas, sino sencillamente tener lástima a su débil y demacrado señor. Una vez, cuando Ivan Ilich le decía que se fuera, incluso llegó a decirle:

—Todos tenemos que morir. ¿Por qué no habría de hacer algo por usted? —expresando así que no consideraba oneroso su esfuerzo porque lo hacía por un moribundo y esperaba que alguien hiciera lo propio por él cuando llegase su hora.

Además de esas mentiras, o a causa de ellas, lo que más torturaba a Ivan Ilich era que nadie se compadeciese de él como él quería. En algunos instantes, después de prolongados sufrimientos, lo que más anhelaba —aunque le habría dado vergüenza confesarlo— era que alguien le tuviese lástima como se le tiene lástima a un niño enfermo. Quería que le acariciaran, que le besaran, que lloraran por él, como se acaricia y consuela a los niños. Sabía que era un alto funcionario, que su barba encanecía y que, por consiguiente, ese deseo era imposible; pero, no obstante, ansiaba todo eso y en sus relaciones con Gerasim había algo semejante a ello, por lo que esas relaciones le servían de alivio. Ivan Ilich quería llorar, quería que le mimaran y lloraran por él, y entonces llegaba su colega Shebek, y en vez de llorar y reclamar mimos, Ivan Ilich adoptaba un semblante serio, severo, profundamente pensativo, y por inercia, expresaba su opinión acerca de una sentencia del Tribunal de Casación e insistía obstinadamente en ella. Esa mentira en torno suyo y dentro de sí mismo emponzoñó más que nada los últimos días de la vida de Ivan Ilich.

8

Era por la mañana. Sabía que era por la mañana solo porque Gerasim se había ido y el lacayo Pyotr había entrado, apagado las bujías, descorrido una de las cortinas y empezado a ordenar la habitación sin hacer ruido. Nada importaba que fuera mañana o tarde, viernes o domingo, ya que era siempre igual: el dolor acerado, torturante, que no cesaba un momento; la conciencia de una vida que se escapaba inexorablemente, pero que aún no se extinguía; la proximidad de esa horrible y odiosa muerte, la única realidad; y siempre esa mentira. ¿Qué significaban días, semanas, horas, en tales circunstancias?

–¿Tomará té el señor?

«Necesita que todo se haga debidamente y quiere que los señores tomen su té por la mañana» –pensó Ivan Ilich y solo dijo:

–No.

–¿No desea el señor pasar al sofá?

«Necesita arreglar la habitación y le estoy estorbando. Yo soy la suciedad y el desorden» –pensaba, y solo dijo:

–No. Déjame.

El criado siguió removiendo cosas. Ivan Ilich alargó la mano. Pyotr se acercó servicialmente.

–¿Qué desea el señor?

–Mi reloj.

Pyotr cogió el reloj, que estaba al alcance de la mano, y se lo dio.

–Las ocho y media. ¿No se han levantado todavía?

–No, señor, salvo Vasili Ivanovich (el hijo) que ya se ha ido a clase. Praskovya Fyodorovna me ha mandado despertarla si el señor preguntaba por ella. ¿Quiere que lo haga?

–No. No hace falta. –«Quizá debiera tomar té», se dijo–. Sí, tráeme té.

Pyotr se dirigió a la puerta, pero a Ivan Ilich le aterraba quedarse solo. «¿Cómo retenerle aquí? Sí, con la medicina».

–Pyotr, dame la medicina. –«Quizá la medicina me ayude todavía». Tomó una cucharada y la sorbió. «No, no me ayuda. Todo esto no es más que una bobada, una superchería –decidió cuando se dio cuenta del conocido, empalagoso e irremediable sabor. –No, ahora ya no puedo creer en ello. Pero el dolor, ¿por qué este dolor? ¡Si al menos cesase un momento!» –y lanzó un gemido. Pyotr se volvió para mirarle. –No, vete. Tráeme té.

Piotr se fue. Iván Ilich, al quedarse solo, gimió, no tanto por el dolor –por muy terrible que fuera–, sino por la angustia. «Siempre lo mismo, los mismos días y noches interminables. Que acabe pronto. ¿Que acabe pronto qué? La muerte, la oscuridad. No, no… ¡todo es mejor que la muerte!»

Cuando Pyotr volvió con el té en una bandeja, Ivan Ilich le estuvo mirando perplejo un rato, sin comprender quién o qué era. A Pyotr le turbó esa mirada y esa turbación volvió a Ivan Ilich en sí.

–Sí –dijo–, el té... Bien, ponlo ahí. Pero ayúdame a lavarme y ponerme una camisa limpia.

E Ivan Ilich empezó a lavarse. Descansando de vez en cuando se lavó las manos, la cara, se limpió los dientes, se peinó y se miró en el espejo. Le horrorizó lo que vio. Le horrorizó sobre todo ver cómo el pelo se le pegaba, lacio, a la frente pálida.

Cuando le cambiaban de camisa se dio cuenta de que sería mayor su horror si veía su cuerpo, por lo que no lo miró. Por fin acabó aquello. Se puso la bata, se arropó en una manta y se sentó en el sillón para tomar el té. Durante un momento se sintió más fresco, pero tan pronto como empezó a sorber el té volvió el mismo mal sabor y el mismo dolor. Concluyó con dificultad de beberse el té, se acostó estirando las piernas y despidió a Pyotr.

Siempre lo mismo. De pronto brilla una chispa de esperanza, luego se encrespa furioso un mar de desesperación, y siempre dolor, siempre dolor, siempre congoja y siempre lo mismo. Cuando se quedaba solo y horriblemente angustiado sentía el deseo de llamar a alguien, pero sabía de antemano que delante de otros sería peor. «Otra dosis de morfina —y perder el conocimiento—. Le diré al médico que piense en otra cosa. Es imposible, imposible, seguir así».

De ese modo pasaba una hora, luego otra. Pero entonces sonaba la campanilla de la puerta. Quizá sea el médico. En efecto, es el médico, fresco, animoso, rollizo, alegre, y con ese aspecto que parece decir: «¡Vaya, hombre, está usted asustado de algo, pero vamos a remediarlo enseguida!» El médico sabe que su aspecto no sirve de nada aquí, pero se ha revestido de él de una vez por todas y no puede desprenderse de él, como hombre que se ha puesto el frac por la mañana para hacer visitas. El médico se lava las manos vigorosamente y con aire tranquilizante.

–¡Huy, qué frío! La helada es formidable. Deje que entre un poco en calor –dice, como si bastara solo esperar a que se calentase un poco para arreglarlo todo.

–Bueno, ¿cómo va eso?

Ivan Ilich tiene la impresión de que lo que el médico quiere decir es «¿Cómo van las cosas?», pero que se da cuenta de que no se puede hablar así, y en vez de eso dice: «¿Cómo ha pasado la noche?»

Ivan Ilich le mira como preguntando: «¿Pero es que no te avergüenzas nunca de mentir?» El médico, sin embargo, no quiere comprender la pregunta, e Ivan Ilich dice:

–Tan atrozmente como siempre. El dolor no se me quita ni se me calma. Si hubiera algo...

–Sí, ustedes los enfermos son siempre lo mismo. Bien, ya me parece que he entrado en calor. Incluso Praskovya Fyodorovna, que es siempre tan escrupulosa, no tendría nada que objetar a mi temperatura. Bueno, ahora puedo saludarle –y el médico estrecha la mano del enfermo.

Y abandonando la actitud festiva de antes, el médico empieza con semblante serio a reconocer al enfermo, a tomarle el pulso y la temperatura, y luego a palparle y auscultarle.

Ivan Ilich sabe plena y firmemente que todo eso es tontería y pura falsedad, pero cuando el médico, arrodillándose, se inclina sobre él, aplicando el oído primero más arriba, luego más abajo, y con gesto significativo hace por encima de él varios movimientos gimnásticos, el enfermo se somete a ello como antes solía someterse a los discursos de los abogados, aun sabiendo perfectamente que todos ellos mentían y porque mentían.

De rodillas en el sofá, el médico está auscultando cuando se nota en la puerta el frufrú del vestido de seda de Praskovya Fyodorovna y se oye cómo regaña a Pyotr porque éste no le ha anunciado la llegada del médico.

Entra en la habitación, besa al marido y al instante se dispone a mostrar que lleva ya largo rato levantada y solo por una confusión no estaba allí cuando llegó el médico.

Ivan Ilich la mira, la examina de pies a cabeza, reprochándole mentalmente lo blanco, limpio y rollizo de sus brazos y su cuello, lo lustroso de sus cabellos y lo brillante de sus ojos llenos de vida. La detesta con toda el alma y el arrebato de odio que siente por ella le hace sufrir cuando ella le toca.

Su actitud respecto a él y su enfermedad sigue siendo la misma. Al igual que el médico, que adoptaba frente a su enfermo cierto modo de proceder del que no podía despojarse, ella también había adoptado su propio modo de proceder, a saber, que su marido no hacía lo que debía, que él mismo tenía la culpa de lo que le pasaba y que ella se lo reprochaba amorosamente. Y tampoco podía desprenderse de esa actitud.

—Ya ve usted que no me escucha y no toma la medicina a su debido tiempo. Y, sobre todo, se acuesta en una postura que de seguro no le conviene. Con las piernas en alto —y ella contó cómo él hacía que Gerasim le tuviera las piernas levantadas.

El médico se sonrió con una sonrisa mitad afable, mitad despectiva: «¡Qué se le va a hacer! Estos enfermos se figuran a veces niñerías como ésas, pero hay que perdonarles».

Cuando el médico terminó el reconocimiento, miró su reloj, y entonces Praskovya Fyodorovna anunció a Ivan Ilich que, por supuesto, se haría lo que él quisiera, pero que ella había mandado hoy por un célebre médico que vendría a reconocerle y a tener consulta con Mihail Danilovich (que era el médico de cabecera).

–No te opongas, por favor. Lo hago también por mí –dijo ella irónicamente, dando a entender que todo lo que hacía era por él y que por eso no tenía derecho a rechazarla. Él permaneció en silencio y frunció el ceño. Sentía que esa mentira, que lo rodeaba, se enredaba tanto que ya le resultaba difícil entender algo.

Todo lo que hacía ella por él, lo hacía para sí misma, pero le decía que lo hacía para ella, como si fuera una cosa tan increíble, que él debía entenderlo al revés.

En efecto, a las once y media llegó el célebre médico. De nuevo comenzaron las auscultaciones y las significativas conversaciones ante él y en la otra habitación acerca del riñón, del apéndice, y las preguntas y respuestas con tal aire de importancia que, una vez más, en lugar de la verdadera cuestión de vida o muerte, que ahora era la única a la que él se enfrentaba, surgió la cuestión del riñón y el apéndice, que al parecer no se comportaban como debían, y por ello, Mihail Danilovich y la celebridad estaban a punto de lanzarse sobre ellos y obligarlos a corregirse.

El célebre médico se despidió con un aire serio, aunque no desesperanzado. Y a la tímida pregunta que Iván Ilich le dirigió con los ojos alzados hacia él, brillantes de miedo y esperanza, sobre si había posibilidad de curación, respondió que la posibilidad existía pero que no podía garantizar nada. La mirada de esperanza con la que Iván Ilich lo siguió fue tan lastimosa, que, al verla, Praskovia Fiódorovna rompió a llorar al salir del despacho para entregarle los honorarios al célebre doctor.

El destello de esperanza provocado por el comentario estimulante del médico no duró mucho. El mismo aposento, los mismos cuadros, las cortinas, el papel de las paredes, los frascos de medicina... todo ello seguía allí, junto con su cuerpo sufriente y doliente. Ivan Ilich empezó a gemir. Le pusieron una inyección y se sumió en el olvido.

Anochecía ya cuando volvió en sí. Le trajeron la comida. Con dificultad tomó un poco de caldo y otra vez lo mismo, y llegaba la noche.

Después de comer, a las siete, entró en la habitación Praskovya Fyodorovna en vestido de noche, con el seno realzado por el corsé y huellas de polvos en la cara. Ya esa mañana había recordado a su marido que iban al teatro. Había llegado a la ciudad Sarah Bernhardt y la familia tenía un palco que él había insistido en que tomasen. Ivan Ilich se había olvidado de eso y la indumentaria de ella le ofendió, pero disimuló su irritación cuando cayó en la cuenta de que él mismo había insistido en que tomasen el palco y asistiesen a la función porque sería un placer educativo y estético para los niños.

Entró Praskovya Fyodorovna, satisfecha de sí misma pero con una sensación de culpa. Se sentó y le preguntó cómo estaba, él se dio cuenta que preguntaba solo por preguntar y no para enterarse, sabiendo que no había nada nuevo de qué enterarse, y entonces empezó a hablar de lo que realmente quería: que por nada del mundo iría al teatro, pero que habían tomado un palco e iban su hija y Hélene, así como también Petrischev (juez de instrucción, novio de la hija), y que de ningún modo podían éstos ir solos; pero que ella preferiría con mucho quedarse con él un rato. Y que él debía seguir las instrucciones del médico mientras ella estaba fuera.

–¡Ah, sí! Y Fyodor Petrovich (el novio) quisiera entrar. ¿Puede hacerlo? Y Liza.

–Que entren.

Entró la hija, también en vestido de noche, con el cuerpo juvenil bastante en evidencia, ese cuerpo que tanto sufrimiento le causaba a él y ella bien que lo exhibía. Fuerte, sana, evidentemente enamorada e irritada contra la enfermedad, el sufrimiento y la muerte porque estorbaban su felicidad.

Entró también Fyodor Petrovich vestido de frac, con el pelo rizado de la Capoua, un cuello duro que oprimía el largo pescuezo fibroso, enorme pechera blanca y con los fuertes muslos embutidos en unos pantalones negros muy ajustados. Tenía puesto un guante blanco y llevaba la chistera en la mano.

Tras él, y casi sin ser notado, entró el colegial en uniforme nuevo y con guantes, pobre chico. Tenía enormes ojeras, cuyo significado Ivan Ilich conocía bien.

Su hijo siempre le había parecido digno de lástima. Y su mirada asustada y compasiva le resultaba terrible. Aparte de Gerasim, Iván Ilich sentía que solo Vasya lo comprendía y lo compadecía.

Todos se sentaron y volvieron a preguntarle cómo se sentía. Hubo un silencio. Liza preguntó a su madre dónde estaban los gemelos y se produjo un altercado entre madre e hija sobre dónde los habían puesto. Fue desagradable.

Fyodor Petrovich preguntó a Ivan Ilich si había visto alguna vez a Sarah Bernhardt. Ivan Ilich no entendió al principio lo que se le preguntaba, pero luego contestó:

–No. ¿Usted la ha visto ya?

–Sí, en Adrienne Lecouvreur.

Praskovya Fyodorovna agregó que había estado especialmente bien en ese papel. La hija dijo que no. Se inició una conversación acerca de la elegancia y el realismo del trabajo de la actriz –una conversación que es siempre la misma.

En medio de la conversación Fyodor Petrovich miró a Ivan Ilich y quedó callado. Los otros le miraron a su vez y también guardaron silencio. Ivan Ilich miraba delante de sí con ojos brillantes, evidentemente indignado con los visitantes. Era necesario enmendar la situación, pero era imposible hacerlo. Había que romper ese silencio de algún modo, pero nadie se atrevía a intentarlo. Les aterraba que de pronto se esfumase la mentira convencional y quedase claro lo que ocurría de verdad. Liza fue la primera en decidirse y rompió el silencio, pero al querer disimular lo que todos sentían se fue de la lengua.

—Pues bien, si vamos a ir ya es hora de que lo hagamos —dijo mirando su reloj, regalo de su padre, y con una tenue y significativa sonrisa al joven Fyodor Petrovich, acerca de algo que solo ambos sabían, se levantó haciendo crujir la tela de su vestido.

Todos se levantaron, se despidieron y se fueron. Cuando salieron le pareció a Ivan Ilich que se sentía mejor: ya no había mentira porque se había ido con ellos, pero se quedaba el dolor: el mismo dolor y el mismo terror de siempre, ni más ni menos penoso que antes. Todo era peor.

Una vez más los minutos se sucedían uno tras otro, las horas una tras otra. Todo seguía lo mismo, todo sin cesar y lo más terrible de todo era el fin inevitable.

—Sí, dile a Gerasim que venga —respondió a la pregunta de Pyotr.

9

Su mujer volvió cuando iba muy avanzada la noche. Entró de puntillas, pero él la oyó, abrió los ojos y al momento los cerró. Ella quería que Gerasim se fuera para quedarse allí sola con su marido, pero éste abrió los ojos y dijo:

—No. Vete.

—¿Te duele mucho?

—No importa.

—Toma opio.

Él consintió y tomó un poco. Ella se fue.

Hasta eso de las tres de la mañana su estado fue de torturante estupor. Le parecía que a él y su dolor los metían a la fuerza en un saco estrecho, negro y profundo, pero por mucho que empujaban no podían hacerlos llegar hasta el fondo y esta circunstancia, terrible ya en sí iba acompañada de padecimiento físico. Él estaba espantado, quería meterse más dentro en el saco y se esforzaba por hacerlo, a la par que ayudaba a que lo metieran. Y he aquí que de pronto desgarró el saco, cayó y volvió en sí. Gerasim estaba sentado a los pies de la cama, dormitando tranquilamente, pacientemente, con las piernas flacas de su amo, enfundadas en calcetines, apoyadas en los hombros. Allí estaba la misma bujía con su pantalla y el mismo incesante dolor.

—Vete, Gerasim —murmuró.

—No se preocupe, señor. Estaré un ratito más.

—No. Vete.

Retiró las piernas de los hombros de Gerasim, se volvió de lado sobre un brazo y sintió lástima de sí mismo. Solo esperó a que Gerasim pasase a la habitación contigua y entonces, sin poder ya contenerse, rompió a llorar como un niño. Lloraba a causa de su impotencia, de su terrible soledad, de la crueldad de la gente, de la crueldad de Dios, de la ausencia de Dios. «¿Por qué has hecho esto? ¿Por qué me has traído aquí? ¿Por qué, dime, por qué me atormentas tan atrozmente?» Aunque no esperaba respuesta lloraba porque no la había ni podía haberla. El dolor volvió a agudizarse, pero él no se movió ni llamó a nadie. Se dijo: «¡Vamos, golpéame! ¿Pero para qué? ¿Qué te hice? ¿Por qué?»

Luego se calmó y no solo cesó de llorar, sino que retuvo el aliento y todo él se puso a escuchar; pero era como si escuchara, no el sonido de una voz real, sino la voz de su alma, el curso de sus pensamientos que fluía dentro de sí.

—¿Qué es lo que quieres? —fue el primer concepto claro que oyó, el primero capaz de traducirse en palabras—. ¿Qué es lo que quieres? ¿Qué es lo que quieres? —se repitió a sí mismo—. ¿Qué quiero? No sufrir. Vivir —se contestó.

Y volvió a escuchar con atención tan reconcentrada que ni siquiera el dolor le distrajo.

—¿Vivir? ¿Cómo vivir? —preguntó la voz del alma.

—Sí, vivir como vivía antes: bien y agradablemente.

—¿Como vivías antes? ¿Bien y agradablemente? —preguntó la voz y él empezó a repasar en su imaginación los mejores momentos de su vida agradable. Pero, cosa rara, ninguno de esos mejores momentos de su vida agradable le parecían ahora lo que le habían parecido entonces; ninguno de ellos, salvo los primeros recuerdos de su infancia. Allí, en su infancia, había habido algo realmente agradable, algo con lo que sería posible vivir si pudiese volver. Pero el niño que había conocido ese agrado ya no existía; era como un recuerdo de otra persona.

Tan pronto como empezó la época que había resultado en el Ivan Ilich actual, todo lo que entonces había parecido alborozo se derretía ahora ante sus ojos y se trocaba en algo trivial y a menudo mezquino.

Y cuanto más se alejaba de la infancia y más se acercaba al presente, más triviales y dudosos eran esos alborozos. Aquello empezó con la Facultad de Derecho, donde aún había algo verdaderamente bueno: había alegría, había amistad, había esperanza. Pero en los últimos cursos ya eran raros esos buenos momentos. Más tarde, cuando en el primer período de su carrera estaba al servicio del gobernador, también hubo momentos agradables: eran los recuerdos del amor por una mujer. Luego, todo eso se fue desplazando, y cada vez quedaba menos de lo bueno. Después, aún menos cosas buenas, y cuanto más adelante, menos había.

El matrimonio... ¡tan accidental! y la decepción, y el olor de la boca de la mujer, y la sensualidad, la hipocresía. Y ese cargo mortífero y esas preocupaciones por el dinero... y así un año, y otro, y diez, y veinte, y siempre lo mismo. Y cuanto más allá, más mortífero era. «Era como si bajase una cuesta a paso regular mientras pensaba que la subía. Y así fue, en realidad. Iba subiendo en la opinión de los demás, mientras que la vida se me escapaba bajo los pies... Y ahora todo ha terminado, ¡Y a morir!»

«¿Y eso qué quiere decir? ¿A qué viene todo ello? No puede ser. No puede ser que la vida sea tan absurda y mezquina. Porque si efectivamente es tan absurda y mezquina, ¿por qué habré de morir, y morir con tanto sufrimiento? Hay algo que no está bien».

«Quizá haya vivido como no debía –se le ocurrió de pronto–. ¿Pero cómo es posible, cuando lo hacía todo como era menester?» –se contestó a sí mismo, y al momento apartó de sí, como algo totalmente imposible, esta única explicación de todos los enigmas de la vida y la muerte.

«¿Entonces qué quieres ahora? ¿Vivir? ¿Vivir cómo? ¿Vivir como vivías en los tribunales cuando el alguacil del juzgado anunciaba: "¡Comienza el juicio!" ¡Comienza el juicio! ¡Comienza el juicio! –se repetía a sí mismo–. Aquí está ya. ¡Pero si no soy culpable! –exclamó enojado–. ¿Por qué?» Y dejó de llorar, pero volviéndose de cara a la pared siguió haciéndose la misma y única pregunta: ¿Por qué, a qué viene todo este horror?

Pero por mucho que preguntaba no hallaba la respuesta. Y cuando surgía en su mente, como a menudo ocurría, la noción de que todo eso le pasaba por no haber vivido como debiera, recordaba la rectitud de su vida y rechazaba esa peregrina idea.

10

Pasaron otros quince días. Ivan Ilich ya no se levantaba del sofá. No quería acostarse en la cama, sino en el sofá, con la cara vuelta casi siempre hacia la pared, sufriendo los mismos dolores incesantes y rumiando siempre, en su soledad, la misma cuestión irresoluble: «¿Qué es esto? ¿De veras que es la muerte?» Y la voz interior le respondía: «Sí, es verdad». «¿Por qué estos padecimientos?» Y la voz respondía: «Pues porque sí». Y más allá de esto, y salvo esto, no había otra cosa.

Desde el comienzo mismo de la enfermedad, desde que Ivan Ilich fue al médico por primera vez, su vida se había dividido en dos estados de ánimo contrarios y alternos: uno era la desesperación y la expectativa de la muerte espantosa e incomprensible; el otro era la esperanza y la observación agudamente interesada del funcionamiento de su cuerpo. Una de dos: ante sus ojos había solo un riñón o un intestino que de momento se negaban a cumplir con su deber, o bien se presentaba la muerte horrenda e incomprensible de la que era imposible escapar.

Estos dos estados de ánimo habían alternado desde el comienzo mismo de la enfermedad; pero a medida que ésta avanzaba se hacía más dudosa y fantástica la noción de que el riñón era la causa, y más real la de una muerte inminente.

Le bastaba recordar lo que había sido tres meses antes y lo que era ahora; le bastaba recordar la regularidad con que había estado bajando la cuesta para que se desvaneciera cualquier esperanza.

Últimamente, durante la soledad en que se hallaba, con la cara vuelta hacia el respaldo del sofá, esa soledad en medio de una ciudad populosa y de sus numerosos conocidos y familiares –soledad que no hubiera podido ser más completa en ninguna parte, ni en el fondo del mar ni en la tierra–, durante esa terrible soledad Ivan Ilich había vivido solo en sus recuerdos del pasado. Uno tras otro, aparecían en su mente escenas de su pasado. Comenzaban siempre con lo más cercano en el tiempo y luego se remontaban a lo más lejano, a su infancia, y allí se detenían. Si se acordaba de las ciruelas pasas que le habían ofrecido ese día, su memoria le devolvía la imagen de la ciruela francesa de su niñez, cruda y acorchada, de su sabor peculiar y de la copiosa saliva cuando chupaba el hueso; y junto con el recuerdo de ese sabor surgían en serie otros recuerdos de ese tiempo: la niñera, el hermano, los juguetes. «No debo pensar en eso... Es demasiado penoso» –se decía Ivan Ilich; y de nuevo se desplazaba al presente: al botón en el respaldo del sofá y a las arrugas en el cuero de éste. «Este cuero es caro y se echa a perder pronto. Hubo una disputa acerca de él. Pero hubo otro cuero y otra disputa cuando rompimos la cartera de mi padre y nos castigaron, y mamá nos trajo unos pasteles». Y una vez más sus recuerdos se aferraban a la infancia, y una vez más aquello se volvía penoso e Ivan Ilich procuraba alejarlo de sí y pensar en otra cosa.

Y de nuevo, junto con ese rosario de recuerdos, brotaba otra serie en su mente que se refería a cómo su enfermedad había progresado y empeorado. Cuanto más retrocedía en el tiempo, más vida había. Había más bien en la vida, y más vida misma. Ambas cosas se fundían en una sola. «A la vez que mis dolores iban empeorando, también iba empeorando mi vida» –pensaba. Un punto luminoso allá atrás, en el comienzo de su vida, y luego todo se volvía más y más oscuro, y todo pasaba más y más rápido. «En razón inversa al cuadrado de la distancia de la muerte» –se decía. Y el ejemplo de una piedra que caía con velocidad creciente apareció en su conciencia. La vida, serie de crecientes sufrimientos, vuela cada vez más velozmente hacia su fin, que es el sufrimiento más horrible. «Estoy volando...» Se estremeció, cambió de postura, quiso resistir, pero sabía que la resistencia era imposible; y otra vez, con ojos cansados de mirar, pero incapaces de no mirar lo que estaba delante de él, miró fijamente el respaldo del sofá y esperó –esperó esa caída espantosa, el choque y la destrucción. «La resistencia es imposible –se dijo–. ¡Pero si pudiera comprender por qué! Pero eso, también, es imposible. Se podría explicar si pudiera decir que no he vivido como debía. Pero es imposible decirlo» –se declaró a sí mismo, recordando la licitud, corrección y decoro de toda su vida–. «Eso es absolutamente imposible de admitir –pensó, con una sonrisa irónica en los labios como si alguien pudiera verla y engañarse–. ¡No hay explicación! Sufrimiento, muerte... ¿Por qué?»

11

Así pasaron otros quince días, durante los cuales sucedió algo que Ivan Ilich y su mujer venían deseando:

Petrischev hizo una petición de mano formal. Ocurrió por la noche. Al día siguiente Praskovya Fyodorovna fue a ver a su marido, pensando en cuál sería el mejor modo de hacérselo saber, pero esa misma noche había habido otro cambio, un empeoramiento en el estado de éste. Praskovya Fyodorovna le halló en el sofá, pero en postura diferente. Yacía de espaldas, gimiendo y mirando fijamente delante de sí.

Praskovya Fyodorovna empezó a hablarle de las medicinas, pero él volvió los ojos hacia ella y esa mirada —dirigida exclusivamente a ella expresaba un rencor tan profundo que Praskovya Fyodorovna no acabó de decirle lo que había venido a decir.

—¡Por el amor de Dios, déjame morir en paz! —dijo él.

Ella se dispuso a salir, pero en ese momento entró la hija y se acercó a dar los buenos días. Él miró a la hija igual que había mirado a la madre, y a las preguntas de aquélla por su salud contestó secamente que pronto quedarían libres de él. Las dos mujeres callaron, estuvieron sentadas un ratito y se fueron.

—¿Tenemos nosotras la culpa? —preguntó Liza a su madre—. ¡Es como si nos la echara! Lo siento por papá, ¿pero por qué nos atormenta así?

Llegó el médico a la hora de costumbre. Ivan Ilich contestaba «sí» y «no» sin apartar de él su mirada enojada, y al final dijo:

—Usted sabe que nada va a ayudar, así que déjelo.

—Podemos calmarle el dolor —respondió el médico.

—Ni siquiera eso. Déjeme.

El médico salió a la sala y explicó a Praskovya Fyodorovna que la cosa iba mal y que el único recurso era el opio para disminuir los dolores, que debían de ser terribles.

Era cierto lo que decía el médico, que los dolores de Ivan Ilich debían de ser atroces; pero más atroces que los físicos eran los dolores morales, que eran su mayor tormento.

Sus sufrimientos morales consistían en que aquella noche, al mirar el rostro dormido, bondadoso y de pómulos prominentes de Gerasim, se le ocurrió de pronto: «¿Y si toda mi vida, mi vida consciente, ha sido de hecho lo que no debía ser?»

Se le ocurrió ahora que lo que antes le parecía de todo punto imposible, a saber, que no había vivido su vida como la debía haber vivido, podía a fin de cuentas ser verdad. Se le ocurrió que sus tentativas casi imperceptibles de bregar contra lo que la gente de alta posición social consideraba bueno —tentativas casi imperceptibles que había rechazado inmediatamente hubieran podido ser genuinas y las otras falsas y que su carrera oficial, junto con su estilo de vida, su familia, sus intereses sociales y oficiales... todo eso podía haber sido fraudulento. Trataba de defender todo ello ante su conciencia. Y de pronto se dio cuenta de la debilidad de lo que defendía. No había nada que defender.

«Pero si es así –se dijo–, si salgo de la vida con la conciencia de haber destruido todo lo que me fue dado, y es imposible rectificarlo, ¿entonces qué?» Se volvió de espaldas y empezó de nuevo a pasar revista a toda su vida. Por la mañana, cuando había visto primero a su criado, luego a su mujer, más tarde a su hija y por último al médico, cada una de las palabras de ellos, cada uno de sus movimientos le confirmaron la horrible verdad que se le había revelado durante la noche. En esas palabras y esos movimientos se vio a sí mismo, vio todo aquello para lo que había vivido, y vio claramente que no debía haber sido así, que todo era una horrible y enorme mentira que cubría la vida y la muerte. La conciencia de ello multiplicó por diez sus dolores físicos. Gemía y se agitaba, y tiraba de su ropa, que parecía sofocarle y oprimirle. Y por eso los odiaba a todos.

Le dieron una dosis grande de opio y perdió el conocimiento, pero a la hora de la comida los dolores comenzaron de nuevo. Expulsó a todos de allí y se volvía continuamente de un lado para otro...

Su mujer se acercó a él y le dijo:

–Jean, cariño, hazlo por mí (¿por mí?). No puede perjudicarte y con frecuencia sirve de ayuda. ¡Si no es nada! Hasta la gente que está bien de salud lo hace a menudo...

Él abrió los ojos de par en par. –¿Qué? ¿Comulgar? ¿Para qué? ¡No es necesario! Pero...

Ella rompió a llorar.

–Sí, querido. Mandaré por nuestro sacerdote. Es un hombre tan bueno...

—Muy bien. Estupendo —contestó él.

Cuando llegó el sacerdote y le confesó, Ivan Ilich se calmó y le pareció sentir que se le aligeraban las dudas y con ello sus dolores, y durante un momento tuvo un atisbo de esperanza. Volvió a pensar en el apéndice y en la posibilidad de corregirlo y comulgó con lágrimas en los ojos.

Cuando volvieron a acostarle después de comulgar tuvo un instante de alivio y de nuevo brotó la esperanza de vivir. Empezó a pensar en la operación que le habían propuesto. «Vivir, quiero vivir» —se dijo. Su mujer vino a felicitarle con las palabras habituales y agregó:

—¿Verdad que estás mejor?

Él, sin mirarla, dijo «sí».

El vestido de ella, su talle, la expresión de su cara, el timbre de su voz... todo ello le revelaba lo mismo: «Esto no está como debiera. Todo lo que has vivido y sigues viviendo es mentira, engaño, que te oculta la vida y la muerte». Y tan pronto como pensó de ese modo se dispararon de nuevo su rencor y sus dolores físicos, y con ellos la conciencia del fin próximo e ineludible. Y a ello vino a agregarse algo nuevo: un dolor punzante, agudísimo, y una sensación de ahogo.

La expresión de su rostro cuando pronunció ese «sí» era horrible. Después de pronunciarlo, miró a su mujer fijamente, se volvió boca abajo con energía inusitada en su débil condición, y gritó:

—¡Vete de aquí, vete! ¡Déjame en paz!

12

A partir de ese momento empezó un aullido que no se interrumpió durante tres días, un aullido tan atroz que no era posible oírlo sin espanto a través de dos puertas. En el momento en que contestó a su mujer Ivan Ilich comprendió que estaba perdido, que no había retorno posible, que había llegado el fin, el fin de todo, y que sus dudas estaban sin resolver, seguían siendo dudas.

–¡Oh, oh, oh! –gritaba en varios tonos. Había empezado por gritar «¡No quiero!» y había continuado gritando con la letra O.

Esos tres días, durante los cuales el tiempo no existía para él, estuvo resistiendo en ese saco negro hacia el interior del cual le empujaba una fuerza invisible e irresistible. Resistía como resiste un condenado a muerte en manos del verdugo, sabiendo que no puede salvarse; y con cada minuto que pasaba sentía que, a despecho de todos sus esfuerzos, se acercaba cada vez más a lo que tanto le aterraba. Tenía la sensación de que su tormento se debía a que le empujaban hacia ese agujero negro y, aún más, a que no podía entrar sin esfuerzo en él. La causa de no poder entrar de ese modo era el convencimiento de que su vida había sido buena. Esa justificación de su vida le retenía, no le dejaba pasar adelante, y era el mayor tormento de todos.

De pronto sintió que algo le golpeaba en el pecho y el costado, haciéndole aún más difícil respirar; fue cayendo por el agujero y allá, en el fondo, había una luz. Lo que le ocurría era lo que suele ocurrir en un vagón de ferrocarril cuando piensa uno que va hacia atrás y en realidad va hacia delante, y de pronto se da cuenta de la verdadera dirección.

«Sí, no fue todo como debía ser –se dijo–, pero no importa. Puede serlo. ¿Pero cómo debía ser?» –se preguntó y de improviso se calmó.

Esto sucedía al final del tercer día, un par de horas antes de su muerte. En ese momento su hijo, el colegial, había entrado calladamente y se había acercado a su padre. El moribundo seguía gritando desesperadamente y agitando los brazos. Su mano cayó sobre la cabeza del muchacho. Éste la cogió, la apretó contra sus labios y rompió a llorar.

En ese momento Iván Ilich se hundió, vio la luz y se le reveló la verdad: que, aunque su vida no había sido como debía haber sido, aún podía corregirse. Se preguntó: «¿Cómo debía haber sido?» y guardó silencio, escuchando atentamente. Entonces sintió que alguien le besaba la mano. Abrió los ojos y vio a su hijo. Sintió compasión por él. Su esposa se acercó. Lo miraba con los ojos bien abiertos, con huellas de lágrimas en la nariz y las mejillas, y con una expresión de desesperación en el rostro. Sintió compasión por ella también.

«Sí, los estoy atormentando a todos –pensó–. Les tengo lástima, pero será mejor para ellos cuando me muera». Quería decirles eso, pero no tenía suficiente fuerza para articular las palabras. «Pero ¿para qué hablar? Lo que debo es hacerlo» –pensó. Con una mirada a su mujer apuntó a su hijo y dijo:

–Llévatelo... me da lástima... de ti también... –Quiso añadir "perdóname", pero dijo "párame", y al no poder corregirse, hizo un gesto con la mano, sabiendo que quien debía entenderlo, lo entendería.

Y de pronto vio claro que lo que le había estado sujetando y no le soltaba le dejaba escapar sin más por ambos lados, por diez lados, por todos los lados. Les tenía lástima a todos, era menester hacer algo para no hacerles daño: liberarlos y liberarse de esos sufrimientos. «¡Qué hermoso y qué sencillo! –pensó–. ¿Y el dolor? –se preguntó–. ¿A dónde se ha ido? A ver, dolor, ¿dónde estás?»

Y prestó atención.

«Sí, aquí está. Bueno, ¿y qué? Que siga ahí».

«Y la muerte... ¿dónde está?»

Buscaba su anterior y habitual temor a la muerte y no lo encontraba. «¿Dónde está? ¿Qué muerte?» No había temor alguno porque tampoco había muerte.

En lugar de la muerte había luz.

–¡Entonces es eso! –dijo de pronto en voz alta–. ¡Qué alegría!

Para él, todo ocurrió en un instante, y el sentido de ese instante no volvió a cambiar jamás. Para los presentes, su agonía duró aún dos horas. Su pecho emitía un sonido burbujeante; su cuerpo exhausto se estremecía. Luego el burbujeo y el jadeo se hicieron cada vez más espaciados.

–¡Éste es el fin! –dijo alguien a su lado.

Él oyó estas palabras y las repitió en su alma. «Éste es el fin de la muerte» –se dijo–. «La muerte ya no existe». Aspiró un soplo de aire, se detuvo a mitad del suspiro, se estiró… y murió.